-

Bibliografische Information der Deutschen Nationalbibliothek: Die Deutsche Nationalbibliothek verzeichnet diese Publikation in der Deutschen Nationalbibliografie. Detaillierte bibliografische Daten sind im Internet über http://dnb.d-nb.de abrufbar.

Copyright : Mai 2019 - Wolfgang Pein

Herstellung und Verlag:

BoD – Books on Demand, In de Tarpen 42

D – 22848 Norderstedt - Germany –

ISBN Nr. 9783738610352

Wolfgang Pein

Liebe in Zeiten des Todesstreifens

Untertitel :

Klassenfeinde liebt man nicht

Dieser Roman beinhaltet

wahre Begebenheiten.

Die Hauptakteure Mara und Horst, deren Namen anonymisiert wurden, sind mir persönlich bekannt.

Da der Roman von 1956 bis 1973 spielt, können Daten teilweise etwas von den tatsächlichen abweichen. Die meisten sind jedoch an Hand der Dokumente aus einer Stasi-Akte belegt, ebenso von Dokumenten über Fahrten mit der Bahn zwischen West- und Ost-Deutschland.

Soweit die Dokumente der Organe der DDR nicht schon von vornherein „geschwärzt" oder als „unkenntlich" herausgegeben wurden, sind auch noch die dort angegebenen Namen von Sachbearbeitern nachträglich geschwärzt worden, um Nachteile auch heute noch für diese Personen zu vermeiden, die vielleicht (hoffentlich die meisten !) einfach wegen der damaligen Zeit nicht anders handeln konnten, um sich und ihre Familien zu schützen.

Schuldzuweisungen an noch lebende oder bereits verstorbene Personen sind somit in keiner Weise beabsichtig und weitere Ähnlichkeiten im Roman rein zufällig.

Weitere im Roman vorkommende Namen und Orte sind fiktiv und dienen ebenso dem vorgenannten Zweck - zur Vermeidung einer Benachteiligung oder eventuell noch möglichen Verfolgung, die der Zeit nicht gerecht würde.

Obwohl nichts beschönigt werden soll, packen wir uns doch einmal an unsere eigene Nase. Ein schreckliches Beispiel gibt es doch auch hier aus vergangener Zeit, als Deutschland eins war.

Wie hätte man sich damals selbst verhalten, wenn Familie, Beruf usw. auf dem Spiel gestanden hätte, wäre man nicht (auch gegen seinen Willen und mit schlechtem Gewissen) teilweise auf ein Regime eingegangen? Wie schlimm für diejenigen, die solchem Druck ausgesetzt waren.

Eine wirkliche Absolution kann und soll im Namen der Opfer jedoch nicht erteilt werden, schon gar nicht für diejenigen, die sich an Leid und Elend ereifert haben.

Wolfgang Pein

Prolog :

Wird man alt genug, hat man viele Erinnerungen zur Verfügung.   Einige prägen sich auch auf immer ein, wenn sie Dinge umfassen, die nicht die meisten Personen in großer Intensität erleben.

Dieser Roman berichtet von einem solchen Teil des Lebens, der nicht vergessen werden kann.

Und der Hauptteil davon spielt in einer Zeit, die allen Menschen der Welt bekannt ist und von einem der größten Übel dieser Zeit überschattet war, überschattet von Willkür und Unterdrückung.

Er berichtet von einer Zeit, in der ein herrschendes Regime keinerlei Verständnis dafür hat, einen Klassenfeind zu lieben.   Es ist die Zeit des Todesstreifens, der Deutschland in zwei höchst verschiedene Teile zerreißt und der Staat auch für seine Bürger entscheidet, wer Freund sein darf und wer der Feind ist.

In dieser Zeit leben Mara Warweg und Horst Grenzgang.

Hat ihre Liebe überhaupt eine Chance,
wenn ein Todesstreifen ihre Welten teilt ?

Ab w a n n   beginnt eigentlich die Erinnerung an den ersten Augenblick seines Lebens?

Wenn man dieses Thema anspricht, dann erfährt man die verschiedensten Antworten.

Eines ist klar: An die eigene Geburt kann man sich sicherlich nicht erinnern.   Aber erzählen lassen kann man sich davon.

Normal fragt man seine Mutter, seinen Vater - dann bekommt man schon die richtige Antwort. Sollte die Geburt in Vollnarkose erfolgt sein, bleibt Mutters Antwort zu den ersten Sekunden und Minuten wohl aus - oder so: „Frag Papa!"

Sollte auch der Vater in Anbetracht einer vorsichtshalber genommenen Ohnmacht diese Frage nur mit einem Schulterzucken beantworten können, so bleiben immer noch Arzt und Hebamme, die hoffentlich mit höchster Konzentration bei der Arbeit waren und dem Neugeborenen den ersten Klaps des Lebens verpasst haben.

Die Anfangs-Fragen mit den entsprechenden Antworten nach dem ersten Augenblick der eigenen Erinnerung sind also sehr unterschiedlich - werden sich aber die meisten von uns wohl schon einmal oder auch mehrmals gestellt haben.

Egal wie die Antwort auch lautet, irgendwann setzt in den meisten Fällen eine Erinnerung spätestens für die nachfolgende Zeit ein – früher oder später.

Horst Grenzgang hatte inzwischen bereits seinen 60. Geburtstag gefeiert und sich schon oft die Frage nach den ersten Erinnerungen gestellt. Leider war die Suche nach einer Antwort darauf für ihn nicht einfach, wann immer er auch versucht hatte, mehr darüber zu erfahren. Sein Vater war bei der Geburt nicht dabei gewesen, was damals auch durchaus nicht üblich gewesen wäre. Seine Mutter konnte er leider niemals persönlich fragen, denn er war erst 6 Wochen alt, als sie viel zu jung verstarb.

Sein Vater wohnte noch bei den Eltern, und auch er fand nach der Geburt dort vorerst ein Zuhause.

Die ersten sechs Jahre seines Lebens verbrachte er dort, wurde vom Vater, von Oma und Opa aufgezogen und natürlich etwas verzogen. Eine Schwester seiner Mutter holte ihn täglich zu Ausflügen mit dem Kinderwagen ab. Das war für sie nicht ohne Auswirkungen, denn ab und zu wird der eine oder andere Jüngling gedacht haben: „So jung und schon ein Baby?" Horst Grenzgang schmunzelte wieder bei dem Gedanken, ihre Chancen dadurch vielleicht vermindert zu haben. Aber zwischenzeitlich hatte er das mit ihr geklärt, mit ihr, die auch seine Patentante geworden war.

Er hat an den Kinderwagen keine Erinnerung, aber später setzte die natürlich auch bei ihm ein.

Er muss damals ca. fünf Jahre alt gewesen sein. Und irgendwann war es dann auch das erste Mal, dass er daran dachte, dass es die Kreidezeit war, woran er sich erinnern konnte.

Nein – es war keine weltgeschichtliche Zeitrechnung – das mit der Kreidezeit.

Er konnte sich aber an Kreide erinnern, weil mit den Nachbarkindern dort in einem früheren Hühnerstall Schule gespielt wurde. Dort im jetzt gereinigten Stall, in dem lange kein Huhn mehr zu Hause gewesen war, da stand eine Schiefertafel.

Daran konnte er sich genau erinnern. Er war nie in einem Kindergarten, aber in diesem Stall schien dort eine Art Vorschule stattgefunden zu haben, was sicherlich kein Schaden für die Zukunft gewesen ist.

Aber einen zumindest kleinen Schaden hatte er dort wohl doch genommen. Solange er denken kann – er mag weder Huhn, noch Hähnchen, noch etwas mit Federn auf dem Tisch. Niemals würde er davon etwas anrühren - lieber nur trockenes Brot. Er mag auch nichts mit Knochen vor sich stehen sehen – vielleicht eine Erinnerung an diesen Hühnerstall? Er kann sich einfach keinen anderen Auslöser vorstellen – es war einfach schon immer so.

Eine deutliche Erinnerung hatte er aber daran, dass er oft mit seinem Opa auf Reisen ging. Mehrmals waren die beiden so ungefähr eine Woche lang unterwegs. Er erinnert sich auch heute noch an diese Zeiten. Man stieg in kleinen Hotels ab, und er konnte sich von den Speisekarten immer aussuchen, was er am liebsten mochte. Es war somit wirklich ein kleines oder auch schon großes Schlaraffenland für ihn.

Er erinnerte sich daran, wie die beiden sich einmal verlaufen hatten. Da es schon dämmerte, wurde es die höchste Zeit, zum Hotel zurück zu kehren. Da blieb nichts anderes übrig, als eine Abkürzung durch den Wald zu nehmen,

Diese Abkürzung hatte es in sich. Er hatte kurze Hosen an, es war Sommer. Aber diese waren nicht geeignet, den Weg zu nehmen, den die beiden eingeschlagen hatten. Brennnesseln warteten auf die beiden – ein großes Feld voller Brennnesseln. Und ein Ende zum Umgehen war nicht erkennbar.

Es war ein schmerzhafter Weg, aber sie kamen noch vor der Dunkelheit im Hotel wieder an. Und nach der guten Kühlung mit kalter Dusche und einer entsprechenden Creme, da ging es so einigermaßen wieder. Und die zwei halben Liter Apfelsaft und das große Schnitzel mit Pommes gaben dem Schmerz den Rest. Noch viele Jahre haben die beiden über diese Begebenheit gelacht.

In der Nacht hatte es dann geregnet, aber am Morgen lachte bereits wieder die Sonne. Dementsprechend konnten die beiden ihr Programm für den heutigen Tag auch durchführen. Der Weg ging wieder durch einen Wald und dann noch einen kleinen Hügel hinauf.

Nach dem Abstieg wird eine Waldwirtschaft auf die beiden warten, und auf diese Einkehr freuten sie sich schon seit dem Beginn ihrer Wanderung.

Der Abstieg verlief dann anders, als dies beide erwartet hatten. Der Weg war nicht nur noch nass von der Nacht – er war auch sehr lehmig. An irgendeiner Stelle rutschte einer von beiden aus. Wer das war, konnte hinterher gar keiner sagen, aber es waren schließlich beide, vielleicht vom anderen mitgerissen, die auf ihren Hosenböden den äußerst glatt gewordenen Weg einige Meter weit hinunter rutschten.

Passiert war beiden zum Glück nichts. Nein - beide lachten, als sie aufstanden. Aber wie sahen sie denn jetzt aus? Mit Matsch und Lehm verschmiert – von oben bis zu den Schuhen, sollen sie so die Wirtschaft aufsuchen?

Leider war kein Bach in der Nähe, und so blieben nur ein paar Taschentücher, um sich halbwegs zu säubern. Die beiden lachten abermals und beschlossen, sich nicht von Speis und Trank abhalten zu lassen. Zielstrebig schritten sie in Richtung Tränke, und dabei gingen sie noch einmal zu Boden, brachen unter Tränen wieder in Gelächter aus, rappelten sich wieder hoch und erreichten schließlich die Wirtschaft.

Bevor sie in den Gastbereich eintraten, da sahen sie sich noch einmal an.   Wie sie sich das gedacht hatten, wurden sie mit merkwürdigen Blicken bedacht.   Kein Wunder – wie sahen sie auch aus, fast wie afrikanische Lehm-Menschen.

Aber bevor Opa noch eine Erklärung abgeben konnte, da kam ein weiterer Gast aus dem Haus, der fast wie sie aussah, vielleicht schon ein wenig mehr gesäubert als die beiden.

Der Kellner ging auf sie zu, hob beschwichtigend die Hand, als Opa sich für ihr Aussehen entschuldigen wollte und sagte: „Sie sind nicht allein, die diesen lehmig sehr glatten Weg hinunter geschlittert sind.   Wie sie sehen (und er deutete auf den gerade genannten Gast), sie befinden sich in guter Gesellschaft.   Und einige der Ausgerutschten sind auch schon wieder unterwegs auf ihrer weiteren Wanderung."

Opa entschuldigte sich dennoch, und die beiden Halbbeschmutzten blicken noch einmal zurück auf den Weg, den sie gekommen waren.

Der Weg hatte auch einen Namen, denn ein Schild wies am Ausgang des Biergartens auf den hin.   Der Name des Weges: „Zum Wilden Mann".

Opa und Enkel sahen sich an und brachen in schallendes Gelächter aus.   „Kein Wunder", sagte Opa,   „dass wir dies hier so dramatisch erlebt haben.   Das Schild mit der Bezeichnung vom „Wilden Mann" trifft heute wirklich eindeutig auf den Weg zu, der reichlich wild mit seinen Gästen umgegangen ist."

Auch heute musste Horst Grenzgang wieder über dieses Erlebnis lächeln.   Mann – was hatte er doch eine behütete Kindheit.   Und ist das denn nicht wirklich ein Paradies, wenn einem alle Wünsche erfüllt werden?

West trifft Ost - ein Erstkontakt

An seine erste weite Reise, die natürlich auch ein Traumurlaub für ihn war, da erinnerte er sich ebenfalls sehr gerne. Oma und Opa waren schon in den 20-er Jahren nach Nordrhein-Westfalen gezogen. Geboren und aufgewachsen sind sie im Harz, in einem Teil, der später zur sogenannten DDR gehörte. Die beiden zog es immer wieder in ihre alte Heimat zurück, denn die Gegend dort ist nicht nur wunderschön, die beiden hatten auch noch Verwandte, die dort geblieben sind und die sich ebenfalls freuten, wenn man sich wiedersah. Kurz vor der Einschulung war er dann erstmals mit den beiden dorthin unterwegs.

„Das muss dann wohl so Mitte 1957 gewesen sein", dachte Horst Grenzgang und goss sich einen zweiten Single-Malt ein. Er bemühte seine Erinnerungen, aber an die Sache mit der Grenze, die später noch eine große Rolle in seinem Leben einnehmen sollte, da konnte er sich gar nicht mehr erinnern. Wahrscheinlich freute er sich damals einfach nur schon auf sein erstes großes Abenteuer im Harz.

Seltsam, aber bis auf die langen Spaziergänge mit Opa in den Wäldern und in den Rodestadt umgebenden Felsen, da wollte so recht keine weitere klare Erinnerung aufkommen.

Aber es muss auch dort wieder ein schöner Urlaub gewesen sein, denn die Reisen nach dort fanden darauf in beinahe jedem folgenden Jahr statt, mal mit Opa und Oma, mal mit Opa allein.

der Ernst des Lebens beginnt

Nach diesem ersten Harz-Besuch war erst einmal Einschulung angesagt. An den Umzug in den Nachbarort war seine Erinnerung auch nicht vorhanden. Sein Vater hatte inzwischen wieder geheiratet. Einen Bruder sollte Oma und Opa`s Liebling auch bekommen. Erinnern konnte er sich aber an den ersten Schultag selbst. Deutlich, wenn er die Augen schloss, sah er sich auf dem Schulhof stehen – mit großer Schultüte und vielen anderen Kindern.

Dass auch sein Freund Klaus dort war, das wusste er aber noch genau. Die beiden waren bis heute Freunde geblieben und halten noch ständig Kontakt. Bei diesen Gedanken ging sein Blick auf den Kalender, auf dem der nächste Treff schon eingetragen war. Die beiden werden sich mit ihren Frauen im Ortsgasthof zum Abendessen treffen. Er freute sich schon darauf.

Kontakt – Verbote

In den nächsten großen Ferien zog es ihn zusammen mit den Großeltern wieder in den Harz. Beim letzten Mal hatte er schon Kontakte zu den dortigen Nachbarkindern geknüpft. Nur wenn es schon dunkel wurde, da kam er nach Hause. Den ganzen Tag über waren die Kinder in den Bergen, den Wäldern und auch bei gutem Wetter im schön gelegenen Frei-Schwimmbad im Ort.

Und dies war jedes Jahr wieder der Fall. Vielleicht ein- oder zweimal in den folgenden Jahren war der Besuch ausgefallen – warum, das wusste er nicht mehr. Aber dass er mit seinen Eltern mehrmals auch Urlaub am Edersee gemacht hatte, daran konnte er sich doch erinnern. Untergebracht waren sie auf einem Ferien-Bauernhof - direkt daneben war ein schöner See.

„Ich muss wohl so 16 Jahre alt gewesen sein", dachte er vor sich hin, als damals ein erneuter Besuch in Rodestadt im Harz 1967 eine Wende in seinem Leben einleitete.

Einige der Jungen, mit denen er fantastische Sachen unternommen hatte, wie Luftgewehr-Schießen auf Scheiben oder Tomaten oder Fahrten mit dem Bollerwagen die abschüssige Straße im Ort hinunter, wo nur mit den Füßen die Deichsel zum Steuern benutzt wurde, die waren nicht mehr da. Das heißt – da waren sie noch, aber ein gemeinsames Spielen, gemeinsame Unternehmungen, die waren nicht mehr drin. Warum? Die waren ein paar Jahre älter und die Armee hatte sie im Griff. Sie hatten West-Kontakt-Verbot !

Jetzt kamen viele der Erinnerungen wieder. Es war für beide Seiten bedrückend, sich kurz zu grüßen, was schon irgendwie beklemmend wirkte mit dem Gedanken „Hoffentlich sieht das keiner!" Die Jungens hatten das so erklärt, dass sie dies nicht mehr durften. Sie bekämen sonst eventuell Schwierigkeiten.

Jetzt war alles wieder da. Horst Grenzgang hatte mit einem Schlag jetzt auch etwas ganz bewusst vor Augen – die Grenze – die Zonengrenze.

Dass dies keine normale Grenze ist, an der man seinen Ausweis zeigt und freundlich durch-gewunken wird, war bekannt. Das war ihm schon seit Jahren bekannt.

Skizze: W.Pein

Bewusst wurde es ihm jedoch j e t z t erst richtig, was das bedeutet: West-Kontakt-Verbot ! Er erinnerte sich, dass Nachbarn und Verwandte die Vorhänge schlossen, zumindest zur Straßenseite und erst danach das West-Fernsehen einschalteten. Er erinnerte sich daran, dass seine Tante sagte, dass sie diese Woche mehr Butter bekommt, weil Besuch da ist.

Er fragte sich in diesem Augenblick: „War es wegen Besuch allgemein oder wegen Westbesuch, um keine Mängel zu offenbaren, wie z. B. bei der Butterversorgung?"

Und er erinnerte sich jetzt ganz bewusst an diese schreckliche Grenze mit den vielen bewaffneten Soldaten. Solche nahm man im Westteil kaum zur Kenntnis.

Er erinnerte sich daran, als er in seinen Kindesjahren mit Opa „hinüber" fuhr, der das Ostgeld, das „drüben" galt, vorher im Westen eintauschte. Es gab ein Mehrfaches für die D-Mark, da die Ostwährung als sehr schwach galt.

In diesem Zusammenhang erinnerte er sich auch daran, wie diese Währung mit nach „drüben" genommen wurde. Die Volkspolizei durfte das auf keinen Fall bemerken, denn das war ein Devisen-Vergehen mit Folgen, über die er damals als Kind nicht nachgedacht hatte.

So hatte sein Opa einmal das Geld einfach in den Aschenbecher im Zugabteil gesteckt, ein anderes Mal in ein Röhrchen mit Tabletten, wobei die Tabletten geschickt um das gerollte Ostgeld gelegt wurden. Nie wurde es entdeckt – zum Glück, hätte ungemütlich werden können.

Damals ahnte Horst Grenzgang noch nicht, wie sehr ihn diese Grenze noch beschäftigen wird - wie viele Tränen diese verdammte Grenze noch bringen wird.

Damals, als die Freunde „drüben" ihm traurig erklärten, was West-Kontakt-Verbot bedeutet, da war alles nicht mehr so, wie er es unbeschwert immer empfunden hatte.   Er war dort so gut wie Zuhause gewesen.   Durch das Verbot hatte man ihm ein gutes Stück Heimat und seine Freunde genommen – hatte sein glücklich-sein vernichtet.

Nicht alle Freunde dort waren bei der Armee. Es gab auch noch jüngere, die ein bis zwei Jahre jünger waren als er.   Aber mit einem Mal war alles nicht mehr so wie früher.   Alle merkten das, alle fühlten das.

Es kamen jüngere neue Freunde dazu – Jungen, die stolz erzählten, dass Horst aus dem Westen ihr Freund ist.   Dass sie dies trotz Pionier- und Schul-Unterricht so sagten, das berührte ihn jetzt in seinem Alter - mit dem Single-Malt vor sich – so tief, dass er eine enge Kehle bekam.

Eine neue Zeit bricht an –

„Es gibt Mädchen"

Mit diesen neuen Freunden brach damals ein neues Zeitalter an. Man interessierte sich für Musik, für Alkohol – u n d : für Mädchen.

Im Ort gab es Musik- und Tanzveranstaltungen. Die meisten Besucher und Besucherinnen waren schon recht älter, als er und „seine Freunde". Wie in anderen Orten wahrscheinlich auch, so war es nicht ganz ungefährlich, als Westler sich mit einem Mädchen zu zeigen, auf das wohl auch die dort beheimateten Jungen ihre Augen geworfen hatten. Auch das hätte etwas übel enden können. Aber seine Freunde hielten die Hände über ihn – ebenso wie Mara.

Zumindest einige der Konzert-Besucher waren neugierig, ihren westlichen Gast mit Fragen zu löchern – über dieses und jenes. Und die Band, die dort sehr gute Musik machte, auch die hatte neugierige Fragen. Die Musiker hatten die Sehnsucht, auch an Noten und Texte zu kommen, die sie gern spielen wollten – und auch um sich damit gegen die Zensur aufzulehnen.

Einer der Bandmitglieder hatte den Wunsch nach den Noten und dem Text von „Paint it black" von den Rolling Stones. Das war auch eines der Lieblingslieder von Horst. Die Stones und die Beatles standen bei ihm am höchsten im Kurs. Horst versprach, Möglichkeiten dafür zu prüfen.

Damals hatte er eine Anschrift für die Übersendung bekommen, jedoch hatte keiner der Beteiligten damals eine Ahnung, dass es nicht an ihnen liegt, wenn Post „einfach nicht ankommt".

Mara Warweg war jetzt bei allen ihren Unternehmungen dabei – als Schwester von Ludwig, dem stolzen Freund von Horst, dem Westler.

Und was das in Zukunft für Auswirkungen hatte, auch das konnte keiner der Beteiligten ahnen.

Die kurze Besuchszeit „drüben" verging rasend schnell – zu schnell. Ausgerechnet in diesem Jahr war er mit seinen Großeltern nur verkürzt zu einem großen dortigen Familienfest eingereist.

Seine Stimmung , seine Empfindungen - waren in diesem Jahr anders, das spürte er ganz deutlich.

Aber der Abschied von dort kam dann ganz plötzlich. Oma wurde krank, die Reise beendet, für alle ging es zurück in den Westen. Mit Mara war nichts passiert, ihr Bruder war immer dabei, merkte nichts davon, dass er auch einmal etwas anderes vorhaben könnte.

Ein Bild von Mara war alles, was er mitnehmen konnte, ein Bild von Mara in ihrem kurzen grünen Rock. Das wusste er noch heute, hatte sich eingeprägt, obwohl das Bild selbst längst abhanden gekommen war. Und mitgenommen hatte er auch die fremden aber schönen Gefühle, die ihn noch lange auch zu Hause beschäftigten. Und wenn er träumte, dann sah er Mara immer in ihrem grünen kurzen Rock.

Mit Oma war es nichts Ernstes, aber die Krankheit kam im nächsten Jahr zurück. Es wurde nichts mit einer weiteren Reise nach „drüben", wurde nichts aus einem Wiedersehen mit Mara.

Sende - Pause

Inzwischen neigte sich auch das folgende Jahr 1970 dem Ende zu. Es hatte seit dem letzten Besuch „drüben" nur sporadisch einen Briefwechsel mit Mara und Ludwig gegeben. Wahrscheinlich „war man doch noch nicht soweit".

1969 hatte Horst England besucht, mit einem Freund zusammen. Die beiden waren mit ihren 50 ccm-Maschinen dort. Werner hatte eine Kreidler-Maschine, Horst die Konkurrenz, eine knallrote Herkules-Super-Sport. Diese hatte er vom Opa zur Mittleren Reife 1967 bekommen.

An den Tag der Abholung konnte sich Horst noch mehr als gut erinnern, auch an den Ort der Übergabe, eine noch winzige Zweigstelle von Herkules. Was für ein Gefühl, damit zum ersten Mal los zu düsen. Und dann ab durch Belgien und mit der Fähre nach Dover.

Fahren in England, wo alle falsch herum düsen, was für ein Abenteuer!

Die beiden hatten eine fantastische Zeit, hatten ein B & B mitten im Herzen von London gefunden, hatten Hot-Dogs am großen Roundabout genossen und in der Nacht SOHO kennen gelernt.

Auf der Rückreise gerieten sie auf der Autobahn in ziemlich üble Nebelbänke. Die Herkules hatte zudem ein Problem mit dem Gaszug oder mit dem Verteiler. Beides hatten Werner und Horst auf einem Rastplatz schon komplett auseinander genommen, leider nur kurzzeitig geholfen. So konnte nicht die volle Geschwindigkeit erreicht werden. Deshalb wurde überlegt, von der Autobahn abzufahren.

In diesen Überlegungen kam ein LKW der roten Super-Sport viel zu nahe, so nah, dass sich der linke Außenspiegel bewegte, was bewirkte, dass der nächst mögliche Haltepunkt angefahren wurde, bis sich der Nebel lichtete.

In Hagen befand sich eine Zweigstelle von Herkules, was die beiden aus ihren Vorbereitungen wussten – zum Glück. Dort konnte geholfen werden, und beide kamen mit ihren Maschinen heil und gesund nach Hause.

1970 war Horst mit einem weiteren Freund, ebenfalls einem Arbeitskollegen, nach Verdun in Frankreich gefahren, dem geschichtsträchtigen, aber grauenhaften Ort, wo viel zu lange Kämpfe stattfanden, die Hunderttausenden das Leben gekostet hatten. Opa war zur selben Zeit dort, wo eine Gedenkfeier mit Deutschen und Franzosen abgehalten wurde. Getroffen hatten sie sich dort leider nicht, aber viel hatten sie von den Schlachtfeldern gesehen – mit den Forts Vaux und Douamont und dem Gebeinhaus, wo unzählige Knochen der Opfer hinter Glas zur Erinnerung aufbewahrt werden.

Nach Besuchen von diesen Orten waren Horst und Manfred immer zu ihrem Zelt auf einem Campingplatz nahe Verdun zurück gekehrt, mit schlimmen Bildern in den Köpfen, die nicht zum Essen taugten, was ihnen vergangen war, jedoch den Anreiz dazu gab, noch eine zweite Flasche Rotwein vor dem Schlaf zu öffnen.

In der Erinnerung war auch noch geblieben, dass sie einmal mitten in der Nacht aus dem Zelt flüchten mussten. Am in der Nähe liegenden Bahndamm war das Gras durch eine Lokomotive in Brand geraten. Die französische Feuerwehr bekam das aber schnell wieder in den Griff.

erste Schwierigkeiten -
ein erneuter Wendepunkt

Damit ist noch nicht die große geschichtliche Wende gemeint – die erfolgte erst Jahre später.

Als Horst aus Frankreich zurück war, da lag auch schon ein Brief in seinem Zimmer – ein Brief von Mara! Mara hatte geschrieben, nicht ihr Bruder.

Der Briefwechsel steigerte sich, schließlich war eine lange Zeit vergangen. Und letztendlich kam heraus, dass beide das Verlangen hatten, sich endlich einmal wieder zu sehen.

Die Verwandten in Rodestadt beantragten ein Visum zur Einreise. Mit Maras Begründung wäre das von vornherein aussichtslos. Verwandten-Besuch, das hatte bisher immer geklappt.

Bisher gab es nie Schwierigkeiten – bisher! Die Visum-Erteilung wurde abgelehnt. Gründe zu nennen, dazu gab es für die dortige Behörde keinen Grund – was wäre das auch für eine Herablassung gewesen.

War etwa nicht mehr genug Butter für alle da?

Es wurde ein neuer Visum-Antrag gestellt und ebenso abgelehnt. Lag es an den Briefkontakten von Horst und Mara? Damals ahnte man es, aber wusste es noch nicht genau, dass fast immer jemand mit-las.

Mara und Horst waren älter geworden und werden nicht aufgeben, darin waren sie sich einig. Schon längst war zumindest Bewegung in die jüngeren Menschen „drüben" gekommen, sich nicht alles gefallen und vorschreiben zu lassen. Auf einem (der Stasi hoffentlich noch unbekannten) Kontaktweg beschlossen die beiden, es mit einem Besuch in Berlin zu versuchen – einem Tagesbesuch.

Damals war der Stasi-Computer noch nicht soweit, alles zu erfassen oder zu vergleichen. Da wurden noch viel zu viele Listen in Papierform gefertigt, die sich so schnell nicht untereinander zuordnen ließen.

Jedoch – ein Risiko bestand schon, sich trotz abgelehntem Visum in den Ostsektor von Berlin zu begeben.

Aber die Sehnsucht siegte, und die beiden schafften es, über wieder andere Kanäle einen Treffpunkt-Tag auszumachen – zwar mit mulmigem Gefühl, ob da nicht auch noch jemand hinzu kommt, was für beide Konsequenzen hätte.

ein geplatztes Treffen

Inzwischen war es Dezember geworden. Das lag an den Versuchen, um an ein reguläres Visum zu kommen, was ja nicht gelungen war.

Der erste Termin für ein heimliches Treffen im Osten von Berlin war für den 1. Mai 1971 vorgesehen. Dieser Termin eröffnet mehr Möglichkeiten, als im manchmal dort sehr strengen Winter anzukommen. Außerdem kann man abwarten, ob noch etwas „passiert".

Mara wird sich ein privates Zimmer dort nehmen. Horst wird mit dem Interzonenzug anreisen, sich im Westteil von Berlin ebenfalls einquartieren. Dann wird die S-Bahn ihn hinüber bringen. Man wird sehen, ob alles gut geht.

Es sollte anders kommen. Wieder lag ein Brief in seinem Zimmer. Der war nicht von seiner Mara. Horst lernte jetzt auch die Mühlen des Westens kennen - Mühlen, die er oder besser die beiden im Augenblick überhaupt nicht brauchen konnten.

Der Brief trug ein amtliches Zeichen, und Horst schwante etwas, bevor er den Brief geöffnet hatte.

Auch im Westen gab es den verpflichtenden Wehrdienst. Die Bundeswehr ließ also schön grüßen. Horst arbeitete zurzeit bei einer großen Behörde in Bielefeld. Nach seinen Ausbildungen hatte er dort einen sogenannten „Auftrag" zur Erprobung erhalten. Ihm gefiel es dort überhaupt nicht, da er einen Job bekommen hatte, den er für zu eintönig hielt. Vor diesem Aufenthalt in Bielefeld hatte er sich noch vom Wehrdienst zurückstellen lassen, um nach den Ausbildungen auch erst einmal etwas Geld zu verdienen.

Nach der eintönigen Arbeit hatte er sich dann nach einigen Monaten beim zuständigen Wehramt gemeldet und mitgeteilt, dass „man ihn jetzt holen kann". Das hatte er nicht mehr im Kopf gehabt, und wann das alles sein würde, das war ja auch nicht abzusehen. In seinem Kopf gab es doch nur noch Mara, die Sehnsucht nach dem Wiedersehen, und er träumte jede Nacht vom grünen Minirock.

Das war ein herber Rückschlag. Das tat richtig weh. Alles war eingetütet – und nun so etwas. Wenn auch die Vorschriften im Westen nicht so krass wie im Osten waren, in der Grundausbildungszeit von drei Monaten war an eine Reise in ein sozialistisches Land nicht zu denken, selbst der Heimaturlaub war unklar.

Sein Einberufungsbescheid lautete: „Sie treten Ihren Dienst am 1. April 1971 an. Sobald Sie das Kasernentor durchschreiten – sind sie Soldat!"

Für Horst brach fast die Welt komplett zusammen. Wie sollte er dies Mara beibringen? Weihnachten sollte ein Fest der Vorfreude für die beiden werden, für die beiden, die es kaum auch nur noch einen Tag aushielten, bis sie sich wiedersehen. Es waren inzwischen so viele Briefe gewechselt worden, und den beiden war klar: Wir gehören zusammen!

Es war für ihn kaum auszuhalten, als er den Brief an Mara schrieb, dass das Treffen nicht stattfinden kann. Der Brief lief natürlich auch über einen „anderen" Kanal, sonst hätte jemand von dem geplanten Treffen erfahren können. Und ein weiteres Treffen wäre dann sicher heimlich kaum mehr möglich gewesen.

Keinesfalls war daran zu denken, die Dienstzeit von 18 Monaten ohne Mara durchzustehen. Horst würde einen Weg finden. Für ihn und Mara war das im Augenblick der einzige Trost. In den nächsten zwei Wochen kam mit Mara noch auf einem weiteren Wege ein Kontakt zustande. Der Termin Mai wird vorgezogen – neues Treffen am 15. März 1971 – Hoffnung !

Der 3. März war für Horst ein schwarzer Tag. Er erinnerte sich auch jetzt noch genau daran, dass er an diesem Tag bei den Großeltern war. Ein Polizei-Bulli fuhr vor – lud ein Fahrrad aus. Es war Opas Fahrrad.   Horst wusste sofort, was passiert war – dass Opa etwas passiert war. Er nahm noch nicht mal eine Nachricht über eine Krankenhaus-Einlieferung an, er wusste in diesem Augenblick, dass Opa nicht wiederkommen wird.

Das konnte doch einfach nicht wahr sein. Opa war im 1. Weltkrieg, war bei Verdun gewesen, war dort dreimal verwundet worden, war mit allen Gliedern zurück gekehrt.   Und dann fällt er einfach in einem Park um, durch den er sein Fahrrad geschoben hatte.   Es war nicht einmal ein Unfall –einfach umgefallen, Hirnschlag.

Nur den 10. März vor Augen, das allein konnte Horst von diesem Schmerz ablenken. Sein Opa tot, Opa, mit dem er so viel erlebt hatte und der ihm viele Dummheiten beigebracht hatte.

Nach der Beerdigung waren es nur noch drei Tage – bis Berlin.   Die Zeit schlich nur so dahin.

Deutsche Demokratische Republik
Ministerium für Auswärtige Angelegenheiten

Transitvisum

zur einmaligen Reise durch das Hoheitsgebiet
der Deutschen Demokratischen Republik
auf der kürzesten Fahrstrecke mit der Eisenbahn

i. A.

Tages-Visum für Ost-Berlin

Am 10. März saß Horst im Interzonenzug von Hamm nach Berlin. Schon vor dem geplatzten Termin, der ja jetzt sogar noch vorgezogen wurde, hatte sich Horst eine Pension im Westteil ausgesucht. Zwei Nächte waren dort gebucht.

Am späten Abend kam er dort an. Die alte Pension hatte noch einen Fahrstuhl, bei dem man ein schweres Gitter zur Seite schieben musste, um ein- und aussteigen zu können. Horst hatte sich diese Pension ausgesucht, da er von dort in nur kurzer Zeit zu Fuß zur S-Bahn gelangen konnte, die ihn dann zur innerstädtischen Grenze bringen wird.

Morgen früh wird er die erste S-Bahn in den Ostteil nehmen, die zur Grenzöffnungszeit günstig ist. Erst schon fast vor der Wiederaufstehzeit schlief er ein. Er träumte sehr unruhig, wusste nicht genau, was ihn an der Grenze erwartet. Aber er hoffte, Mara wiederzusehen.

Ohne Frühstück machte er sich auf den Weg, den er im Stadtplan ausgesucht hatte, erreichte die S-Bahn, war auf dem Weg zu Mara.

Die S-Bahn erreichte den Bahnhof „Friedrichstraße". Schon viele weitere Menschen waren mit ihm unterwegs, trotz der frühen Stunde. Horst reihte sich ein, reihte sich ein in die Menschenmenge, die dem Schild „Transit" folgte. Dann stand er vor einem der Schalter der Volkspolizei. Er gab seinen Pass ab und bat um Erteilung eines Tages-Visums.

Es verging einige Zeit, bis er aufgerufen wurde. „Was wird jetzt geschehen?", dachte er. „Werde ich vielleicht zurück geschickt? Werde ich eventuell sogar verhaftet?"

Mit ernstem Blick wurde er gefragt, was er im Osten will. „Die wunderschönen historischen Bauten möchte ich mir bei Ihnen ansehen!", antwortete er brav. Wie es in ihm aussah, war für ihn selbst kaum zu beschreiben. Ihm war von Minute zu Minute kälter geworden. Fast hätte er gezittert, als ob er im T-Shirt im Winter so herum gestanden hätte.

Dann bekam er seinen Pass zurück und auch das ersehnte Tages-Visum war Gott sei Dank dabei. Er schritt durch die nächste Tür – er war im „Palast der Tränen". Das würde er noch merken.

Die erste Hürde war genommen. Er hatte sein Visum erhalten - war nicht verhaftet worden.

Würde Mara tatsächlich da sein? Hatte man ihr eventuell Steine in den Weg gelegt, um dieses Treffen hier zu verhindern? Beide wussten, dass die Briefkontrolle der Behörden schon am Ball war. Tests hatten das ergeben.

Es war für heute vereinbart, dass Mara nicht in den Bahnhof geht, nicht dort auf ihn wartet, auch wenn jede Sekunde zählt, bis man sich endlich in den Armen hält.

Horst durchschritt also die Grenze. Nochmals kontrolliert wurde sein Pass und das Visum. Dann folgte noch eine Tür, und er war tatsächlich auf dem Hoheitsgebiet der Deutschen Demokratischen Republik, bisher unbehelligt.

Mara wartete auf der anderen Straßenseite des Gebäudes, hatte darauf geachtet, dass man ihr nicht gefolgt war. Sie sah Horst, nickte und ging um die nächste Ecke. Horst achtete ebenfalls darauf, ob er verfolgt würde. Zwischendurch, bis zum Erreichen der anderen Straßenseite prüfte er zweimal seine Schuhe und zog die Schnürbänder nach. Niemand fiel ihm auf, der an ihm Interesse haben könnte.

Noch eine Ecke, dann erreichte er die Straße, in die Mara eingebogen war. Endlich lagen sich die beiden in den Armen, wollten nicht loslassen.

ein Geständnis

und eine kommende ungewisse Zeit

Mara und Horst waren nicht nur hungrig nach sich selbst. Für das flaue Gefühl im Magen hat die ganze Angelegenheit der Reise und die Ungewissheit des Grenzübertritts gesorgt.

Doch auch der Magen verlangte nach Umarmungen - zumindest in Form eines Frühstücks. Beide hatten seit gestern nichts mehr gegessen. Zu groß war die Aufregung auf das kommende Geschehen. Jetzt, wo sie sich hatten, fiel eine große Last ab – kein Wunder, wenn der Mensch auch ab und zu eine Mahlzeit braucht. Mara wusste, wo man frühstücken kann, und der Weg der beiden führte zum Alexander-Platz, wo eine Gaststube Frühstück anbot.

Ein stiller Beobachter hätte nicht sagen können, was an diesem Morgen mehr gestrahlt hat, die Gesichter der beiden oder die schon recht üppig scheinende Sonne, die auch für die äußere Wärme sorgte. Die beiden verließen die Stadt mit der S-Bahn, fuhren in einen Außenbezirk Berlins.

Als sie am Endpunkt der Bahn ankamen, wendeten sie sich möglichst weit weg von der Zivilisation. Selbst Mara kannte sich dort nicht aus, wohin der Weg sie schließlich führte – aber das alles war so etwas von egal. Die beiden wollten sich einfach von niemandem stören lassen in dieser nur kurzen Zeit, die ihnen blieb.

Es war so viel zu erzählen, und wenn die Worte schwiegen, dann schwiegen nicht ihre Herzen, schwieg nicht das Blut in ihren Adern, das kaum zur Ruhe kam.

„Tausendmal berührt, tausendmal ist nichts passiert!", gab es eigentlich damals schon dieses Lied von einem bekannten Sänger?

Tausendmal gedacht, tausendmal im Traum erlebt, und jetzt ist hier die Wirklichkeit. Wenn die doch nicht enden wollte.

Mara hatte eine Decke mitgebracht. Getränke und etwas Essen hatten sie dann in der Gaststube nach dem Frühstück besorgt. Sie hatten Zeit, sie waren allein, sie hatten sich, das war genug.

Plötzlich wurden sie aufgeschreckt. Direkt über sie hinweg sprang ein Reh, das die beiden im hohen Gras im letzten Augenblick bemerkt hatte.

Und ebenso plötzlich wurde ihnen bewusst, wie spät es geworden ist. Etwas eiliger als auf dem Hinweg gingen beide zur S-Bahn-Station zurück, die sie in die Mitte Ost-Berlins zurück brachte. Es hatte unterwegs keine Kontrollen gegeben, auch nicht am Endpunkt, wie Mara befürchtet hatte. Hätte man für sie Verständnis gehabt – mit einem Westler an der Hand?

Für die Rückfahrt in den Westteil war der späteste mögliche Zeitpunkt geplant. Horst hatte nur ein Tagesvisum – heißt: Vor Mitternacht muss er Ostberlin verlassen haben.

Mara hatte eigentlich nur heute „frei" bekommen, hätte morgen wieder arbeiten müssen, also noch heute Nacht zurück an ihren Wohnsitz an der Ostsee fahren müssen.

So wundervoll der Tag heute war, für Horst kam der Moment, wo er vom Schreiben der Bundeswehr erzählen musste, kam der Moment, vor dem er sich gefürchtet hatte, seitdem er das Schreiben der Einberufung bekommen hatte.

Beiden fehlten die Worte – Schock! Jetzt hatte es doch endlich begonnen mit ihnen. Soll es schon wieder vorbei sein. Wie lange würde es bis zu einem Wiedersehen dauern? Tränen flossen.

Horst hatte eine Idee, schon lange vor dem Treffen. Die versuchte er Mara zu erklären. Er sagte, dass es im Westen natürlich auch Gesetze, Bestimmungen usw. gibt, die aber wohl nicht so streng wie im Osten ausgelegt werden. Wenn er berichtet, wie es mit den beiden steht, und alle Kontakte auf den Tisch legt – vielleicht können dann auch in der kommenden Zeit Treffen stattfinden. Die Hoffnung stirbt doch angeblich immer erst zuletzt.

Mara ist wie er ein Kämpfertyp und würde so schnell auch nicht aufgeben. Mara wird sich den morgigen Tag noch frei nehmen. Die beiden beschlossen, sich morgen noch einmal zu treffen, wenn ein erneutes Tagesvisum es erlaubt. Und Horst sollte nicht in letzter Minute zur Grenze kommen, um bloß nicht aufzufallen. Der morgige Tag ist einfach zu wichtig – es gibt doch noch so viel zu besprechen! Es soll eine Zukunft geben!

Es war klar, dass die Trennung längere Zeit in Anspruch nahm – eine Zeit, die beide in jeder Sekunde noch genossen, aber mit bangem Blick auf den morgigen Tag.

Entscheidung für die Zukunft

Horst hatte wieder kaum geschlafen, Mara war es sicher ebenso ergangen. Heute starten beide also einen neuen Versuch. Horst fuhr erneut mit der S-Bahn zum Transit-Bahnhof.

Würde man ihn wieder erkennen? Würde es auffallen, wenn er heute schon wieder hier stand? Ein anderer Grenzübergang kam ja nicht infrage. Horst versuchte an einen anderen Schalter zu gelangen, als den gestrigen. Der Beamte von gestern hatte anscheinend heute keinen Dienst, zumindest konnte Horst ihn nicht entdecken.

Wieder gab er seinen Pass ab, wartete mit vielen anderen im Warteraum auf ein Zeichen. Unruhig rutschte er auf seinem Stuhl hin und her. „Mara wird schon warten – an der Ecke, wie gestern!", das hoffte er so sehr.

Es dauerte heute länger als gestern, und Horst hatte fast schon den Verdacht, dass er aufgefallen ist – heute kein Visum bekommt. Und dann ? Wie soll er das Mara verständlich machen? Wie soll er sie nur erreichen?

Wenn sie sich heute nicht sehen können, so wird es Tage dauern, vielleicht sogar Wochen, bis sie über einen einigermaßen sicheren Kanal Kontakt aufnehmen können.

Über eine Stunde wartete er jetzt schon auf eine Aufforderung, zum Schalter zur Visum-Erteilung zu kommen. Wie lange würde Mara vor dem Gebäude warten? „Lieber Gott - mach, dass ich mein Visum bekomme!", betete er still vor sich hin.

Und dann, nach einer weiteren halben Stunde, wurde er aufgerufen. Mit gemischten Gefühlen ging er zum Volkspolizei-Schalter, und er rechnete mit fast allem, was passieren konnte.

„Hier sind Pass und das Tagesvisum – einen schönen Aufenthalt noch in der Deutschen Demokratischen Republik!"

Der Stein, der ihm vom Herzen fiel, hätte sicher eine der Bodenfliesen zerschlagen, wenn der eine solch realistische Form angenommen hätte.

Horst nahm Pass und Visum, bedankte sich höflich. Im Wegdrehen sah er im Augenwinkel den Beamten, der zur Ablösung des Kollegen in den Schalterraum trat – er sah den Beamten, der ihm gestern das Visum ausgestellt hatte.

Horst sah nicht zurück, beeilte sich, den Vorraum des Visum-Bereiches zu verlassen. Alles war gut gegangen, wenn man seine Nerven auch auf das äußerste strapaziert hatte. Was wäre wenn – das spielte jetzt keine Rolle mehr.

Jetzt muss nur noch Mara bitte draußen warten. Und Horst bemühte noch einmal in Gedanken den im Himmel, der ihm vorhin noch geholfen hatte.

eine Entscheidung mit Tragweite

Dieser zweite Tag ihres gelungenen Treffens schien dem vom Vortag zu gleichen.

Die beiden nahmen wie gestern ein Frühstück am Alexander-Platz ein, packten wieder Vorräte ein und verließen die Stadtmitte mit der S-Bahn.

Der Platz von gestern hatte ihnen Glück gebracht. Sie hatten ungestört den ganzen Tag bis in die Abendstunden dort verbringen können. Und das Reh machte sicher auch heute keine Probleme.

Es gab keinen Augenblick des Zweifels, dass beide zusammen leben wollen, wie schwer das auch unter den politischen Umständen werden wird. Beiden war völlig klar, dass nur Maras Aussiedlung in den Westen in Frage kommt. Die andere Übersiedlungs-Variante kam nach beider Ansicht absolut nicht in Frage.

Es wird eine lange Zeit dauern, bis dies erreicht werden kann. Mara würde noch in den nächsten Tagen einen Ausreise-Antrag stellen. Dann würden Probleme beginnen. Schwierigkeiten im privaten und beruflichen Bereich waren zu erwarten - man hatte davon schon genug gehört.

Doch jetzt stand auch erst noch die Frage mit dem Wehrdienst an. Wann würde ein Wiedersehen möglich sein? Wird es überhaupt möglich werden, wenn Mara den Antrag gestellt hat?

Horst hatte sich bereits erkundigt, welche amtlichen Stellen den beiden helfen könnten. Alles würde zeitgleich mit Maras Antrag in die Wege geleitet. Da war noch einiges zu erfragen, zu besorgen, um dann alles auf den Weg bringen zu können. Folglich waren sich die beiden einig: Mara würde mit dem Antrag doch noch etwas warten müssen, wenn sich Erfolg einstellen soll.

Bei Erstberatungen in einer Geschäftsstelle des Roten Kreuzes, sowie auch beim Außenministerium hatte man Horst geraten, dass es von Vorteil sein kann, wenn die beiden bereits verlobt sind – würde besser gewertet, als wenn die beiden nur als Freunde gelten.

Der Tag verging viel zu schnell; die Stunden sausten nur so vorüber. Die Entscheidung zum Aufbruch wurde ihnen aber jäh abgenommen.

Jemand war auf Mara und Horst aufmerksam geworden, hatte die beiden in der Wiese entdeckt. Eine Streife ging auf sie zu, stand nur Sekunden später direkt vor ihnen.

Privatfoto: Wolfgang Pein

Mara und Horst hatten Glück. Die beiden Streifensoldaten waren nicht nur in ihrem Alter, hatten Verständnis für „das ziemlich hohe Gras" - konnten sich ein Schmunzeln nicht verkneifen.

„Ihr wisst schon, dass hier Sperrgebiet ist!", gaben sie einen vorwurfsvollen Hinweis – vorwurfsvoll in der Stimme, mit Grinsen in den Gesichtern. „Ihr seid hier zu nahe an der Grenze – solltet euch ein Plätzchen ein paar hundert Meter weiter weg suchen!"

Maras Lächeln überzeugte wohl die beiden Grenzschützer von der Harmlosigkeit eines Liebespaares. „Danke für den Hinweis, Jungs!", war ihre entwaffnende Antwort. „Wir wollten sowieso gerade aufbrechen. Nächstes Mal halten wir uns an euren Rat!"

Wahrscheinlich wären die Soldaten noch etwas geblieben, trugen doch weder Horst noch Mara bei dem schönen Wetter ein T-Shirt, aber das Funkgerät gab Töne von sich, und die beiden gingen nach einem längeren Gespräch mit den Worten „Zu Befehl!" und „Keine besonderen Vorkommnisse!" dann doch grinsend davon.

Mara und Horst sahen sich erleichtert an, obwohl ihr beider Puls noch eine Weile brauchen wird, bis er seine normale Tätigkeit aufnimmt.

„Das hätte ins Auge gehen können!", sagte Mara. „Ich hier mit einem Wessi! Und das auch noch im Militärischen Sperrgebiet. Schön, dass wir auf verständnisvolle Jungs getroffen sind. Die haben gar nicht gemerkt, dass du nicht von hier bist!"

Horst nahm Mara in die Arme. „Wie sollten die beiden denn auch Augen für mich gehabt haben", sagte er, „wo du doch ohne Oberteil hier in der Sonne badest!"

„Ja, da können wir doch sehr froh sein, dass du mir das vorhin wieder ausgezogen hast, als du sagtest „Jede Minute zählt!", sagte Mara lachend.

„Wenn das so ist, das jede Minute auch für dich zählt – also, die Streife wird so schnell nicht wieder hier vorbei kommen!", sagte Horst und nahm Mara das T-Shirt noch einmal aus der Hand.

„Was sind diese Wessis doch Risiko-bereit, wenn sie eine schöne Frau vor sich sehen!", sagte Mara. „Ist das bei euch allen da drüben üblich?"

Noch eine kurze Zeit blieben die beiden auf oder besser gesagt „in" ihrer Wiese. Dann riefen Zeit und auch die S-Bahn. Mara hatte ja ihren Aufenthalt hier in Berlin unvorhergesehen um einen Tag verlängert. Ihren Zug an die Ostsee muss sie aber in zwei Stunden unbedingt erreichen – schließlich muss sie morgen früh pünktlich zu ihrer Arbeitsstelle.

So wunderschön der Tag auch war, die Rückfahrt in die Stadtmitte war ziemlich wortkarg. Trennungen schnüren aber wohl nicht nur den beiden oftmals den Hals zu. Außerdem stand wieder einmal ein tränenreicher Abschied bevor, was sich wohl nicht vermeiden lassen würde.

Mara stieg still in den Zug an die Ostsee. Noch während der anfur, hielten sie sich an den Händen und wussten, dass sie einen neuen Versuch zum Treff in Berlin in schon einer Woche unternehmen werden. Wenn das klappt, dann hätten die beiden am Ende Ringe an den Fingern und wären verlobt – in der Hoffnung auf ein gutes Zeichen für eine so im Amtsdeutsch bezeichnete Familienzusammenführung.

Horst kämpfte sich durch die Halle, die direkt zur Passkontrolle führte. Viele Menschen füllten die Halle – schien ein Hauptbesuchstag zu sein.

Dadurch, dass Maras Zug schon so früh fuhr, hatte er selbst noch viel Zeit, bis auch er in den Zug einsteigen wird, der ihn westwärts bringt. Geduldig stellte sich Horst in die lange Schlange der Heimkehrer von Ost nach West an. Als er an der Reihe mit Visum- und Gesichtskontrolle war, musste er sich ein Lächeln unbedingt verkneifen, als er an die Streife dachte, die so wohlwollend ihnen die Wiesenzeit gegönnt hatten.

Irgendwie hatten diese Menschen vor ihm nichts Wohlwollendes in den Gesichtern. Horst hörte im Gegenteil barsche Worte und war froh, als er durch war und in der S-Bahn in den Westteil saß.

Erst gegen Mitternacht fuhr der Zug zurück, wird am Morgen ankommen und Horst wird direkt vom Bahnhof aus zur Arbeit gehen.

Morgen hatte er viel vor und wird sich auf die Suche nach Edelmetall machen – für den Treff in der nächsten Woche.

Horst hatte einen Mitreisenden gebeten, ihn zu wecken, wenn der Zug in seinem Heimatort ankommt. Er hatte versucht, etwas zu schlafen. Jetzt schon fast drei Nächte beinahe ohne Schlaf, dazu gestern der aufregende Tag in Ostberlin mit den Grenzern, das alles forderte seinen Tribut. Horst war wirklich eingeschlafen, und der freundliche alte Herr, der Mitreisende im Abteil, hatte ihn auch brav und rechtzeitig geweckt.

Horst arbeitete bis zum Nachmittag, hatte zwischendurch seine Eltern angerufen und diese vom neuesten Stand unterrichtet, aber eigentlich nur das nötigste im Augenblick erzählt. Sie sollten nur wissen, dass er heil zurück ist und sich keine weiteren Sorgen machen.

Direkt nach Dienst fand er einen Juwelier und kaufte zwei Verlobungsringe. Zur Gravur der beiden Namen ließ er sie noch da, würde sie in zwei Tagen abholen - rechtzeitig vor der nächsten Reise, rechtzeitig vor dem (hoffentlich) nächsten Treff mit Mara in Ostberlin.

Verlobung

Am 23. März 1971 spurtete Horst nach Dienstende zum Bahnhof, erreichte den ausgesuchten Zug und war auf dem Weg nach Berlin – wieder einmal.

War ja inzwischen fast so wie eine Routine – ankommen, die wieder gebuchte bekannte Pension aufsuchen, ein paar Runden Schlaf versuchen und sich früh am Morgen auf den Weg zur S-Bahn begeben.

Dort ebenfalls das gleiche Spiel – Pass abgeben, brav um ein Tagesvisum für Ost-Berlin bitten, sich bangend in den Wartebereich begeben und sich möglichst unauffällig verhalten.

Hatte es sich bereits ausgezahlt, dass Mara mit dem Übersiedlungsantrag noch gewartet hatte? Zumindest sah es nicht nach Schwierigkeiten aus. Horst bekam seinen Pass und das Visum.

Mara blieb trotzdem sehr vorsichtig. Wie abgesprochen und gewohnt wartete sie wieder außerhalb des Abfertigungsgebäudes.

Wie immer flossen auch heute wieder Tränen, jedoch Tränen der Freude, Tränen der Freude über das Wiedersehen, Freude über das sich im Arm halten, Tränen der Freude im Gegensatz zu denen bei ihren Abschieden.

Heute fuhren sie direkt zu „ihrem" Platz, ohne Frühstück am Alexander-Platz. Mara hatte vorgesorgt und Getränke und etwas für ein Picknick besorgt – die Decke durfte nicht fehlen.

Beide wussten, dass heute die Zeit des Wiedersehens äußerst knapp war. Beide hatten heute keine Übernachtung gebucht. Beide mussten noch heute ihre Züge in die verschiedenen Richtungen erreichen und morgen wieder zur Arbeit erscheinen. Zumindest das mit dem erteilten Visum hatte schon mal geklappt. Und heute war ja auch ein besonderer Tag. Mara hatte etwas „prickelndes" besorgt, sogar zwei Gläser hatte sie dabei. Die Ehre gebührte aber heute dem kleinen Päckchen, das Horst in seiner Tasche hatte.

„Könnte aus einem romantischen Film stammen!", lachte Mara, als Horst ihr einen Ring mit seinem Namen auf den Finger schob. Nachdem auch er beringt war, stießen die beiden an und wünschten sich Glück, das sie noch gebrauchen werden.

Es war ihnen völlig klar, dass dieser Moment nur der Anfang einer vielleicht langen Zeit ist, bis sie für immer zusammen sein können. So leicht würde es nicht werden, da gab es viele Beispiele. Die Behörden würden erst einmal alle Gesuche ablehnen. Würden sie das überstehen, werden sie das alles aushalten? Üble Zeiten können folgen - aber im Augenblick strahlten beide und dachten weder an Rehe, Grenzsoldaten oder sonstige Störenfriede.

Wieder verging die Zeit zu schnell und heute ja wegen der Züge besonders. Und heute ließen sich die beiden nicht schon an der Ecke vor dem „Palast der Tränen" los. Mara ging bis zum letzten Meter mit, bis sie Horst den Gang auf dem für sie verbotenen Terrain allein antreten lassen musste. Jetzt war es mit der Heimlichkeit vorbei. Schon morgen wird sie einen Antrag bei der zuständigen Behörde stellen. Was dann folgt, das ahnte sie nur, aber sie wollte stark bleiben.

eine ungewisse Zeit

- Wehrdienst –

Am 1. 4. 1971 begann für Horst der Wehrdienst. Er war einer der letzten Wehr-Achtzehner, denn für die nächsten Wehrpflichtigen war der Dienst auf 15 Monate verkürzt worden.

Bei einer der nächsten Möglichkeiten ließ er sich einen Termin beim Kompaniechef geben. Dort berichtete Horst, dass er eine Verbindung in die sogenannte Deutsche Demokratische Republik hat.   Er berichtete ihm ausführlich, was bisher geschehen war und vor allem, dass ein Antrag seiner Verlobten auf Familien-Zusammenführung eingeleitet wurde.

Zwar wurde Horst auf die Einhaltung von Dienstabläufen und Dienstgeheimnissen hingewiesen, ansonsten hatte das Gespräch keinerlei Auswirkungen.   Das war nicht neu für Horst, der doch bereits einen Diensteid auf und für die Bundesrepublik Deutschland abgegeben hat.

Der Kompaniechef befand, dass Horst jede Kleinigkeit einer Kontaktaufnahme durch die andere Behördenseite zu melden habe.

Er erteilte ferner den Rat, nur auf ausdrückliche Genehmigung seiner jeweiligen Einheit die Möglichkeit zum Besuch seiner Verlobten in Betracht zu ziehen.

Für die Dauer der Grundausbildung kam eine solche Genehmigung nicht in Betracht, was Horst aber auch schon vor der von ihm gewollten Besprechung wusste.

In diesem Moment war er besonders froh, dass der Termin in Ostberlin mit den Verlobungsringen noch geklappt hatte.

Gespannt wartete er darauf, ob er von Mara eine Benachrichtigung erhält, wie die Behörden drüben auf ihren Antrag reagiert haben.

Beide rechnen jedoch erst einmal mit der Ablehnung des Erstantrages - da machten sie sich keine Hoffnung.

Mehr als abwarten ging zurzeit nicht. Eine sehr schwere Zeit war angebrochen – eine Zeit voller Unruhe und Ungewissheit.

nichts geht mehr

Die Grundausbildung ging vorüber, Vollausbildung schloss sich für weitere drei Monate an.

Horst wurde dazu in einen anderen Ort versetzt. Auch hier unterrichtete er sobald als möglich seinen Vorgesetzten von der Ost-West-Beziehung. Da er bei einem Generalstab seinen weiteren Dienst verrichtete, hatte er auch ein Gespräch mit dem Militärischen Abschirmdienst – damit man ihm nicht auf anderem oder verstecktem Wege eine Ostverbindung als Verrat in die Schuhe schieben konnte.

Mara und ihm blieben nur die Briefe, die ständig hin und her gingen. Sie konnten nun offen sprechen, da der Ostbehörde inzwischen ja die gewollte Ausreise bekannt war. Mara berichtet zwei Monate später von einer erneuten Ablehnung durch die Behörden. Sie berichtete von Vorladungen bei der Volkspolizei. Sie wird wieder einen Antrag stellen, solange Anträge stellen, bis der nicht mehr abgelehnt wird.

Horst schrieb Mara, dass er auch auf dieser Seite der Grenze Schritte eingeleitet, Hilfe gefordert hat.

Die Zeit verging – neun Monate zogen vorüber. Inzwischen war auch Maras dritter Antrag abgelehnt worden. Es war nicht einfach für sie, dem ständigen Drängen auf Rücknahme des Antrags stand zu halten. Mara hatte den schwereren Teil dieser Situation auszuhalten.

Auch nach einem Jahr blieben nur die Briefe. Von einem Besuch im Osten hatte man Horst dringend abgeraten. Zu hoch war das Risiko, von den Behörden drüben in die Mangel genommen zu werden.

Was stand eigentlich auf „Anstiftung zur Republikflucht?" Dieser Tatbestand war sehr hoch neben der eigentlichen Republikflucht angesiedelt.

Die Gefahr wurde umso höher für die Zeit angesiedelt, wo Horst im Wehrdienst war.

Wie lange wird Mara dem allen widerstehen, wie lange kann sie dies noch ertragen?

Die Briefkontakte wurden mit den realen Anschriften geführt, aber auch andere Kontakt-Adressen wurden bemüht – eine schwierige Zeit.

Inzwischen waren aber auch diese Wege nicht mehr sicher – soweit sie das jemals waren.

Es bestand der Verdacht, dass auch diese Briefe gelesen wurden, die nicht an die direkten Anschriften versandt wurden.

Viele Jahre später sollte sich dies bewahrheiten, belegt durch Stasi-Akten, belegt durch die drüben verhängte Briefkontrolle.

Nach 18 Monaten war Horst`s Wehrdienst beendet. Die Überlegungen auf ein Wiedersehen wurden abgewogen.

Horst hatte seine Oma gebeten, dass über ihre Schwester im Harz ein Besuchsantrag für sie gestellt wird, in dem Horst als dringend erforderliche Begleitperson angegeben ist.

Alle waren aufs äußerste gespannt, wie diese Sache wohl ausgehen wird. Wird die Genehmigung erteilt? Kann man ein solches Risiko eingehen? Horst würde es versuchen, Mara hatte genug gelitten, hatte ihren Teil dieses Geschehens mehr als genug gebüßt – auch Horst wird seinen Beitrag leisten. Wenn der Antrag positiv entschieden wird, steht der Besuch im Harz an – und Horst wird nach dort fahren und hoffen, dass alles gut geht und er Mara irgendwo trifft.

Probeweise wurde Mara ein Päckchen übersandt - allerdings nicht mit seinem Absender, aber aus seiner Heimatstadt. Das kam auch an – weiter passierte nichts. Mara erhielt keine weitere Vorladung, obwohl das Päckchen eindeutig auf weiteren Westkontakt hindeutete.

Es schwebte ein großes Fragezeichen über allem. Wie würden die Behörden reagieren, wenn sich Horst im Harz anmeldet? War er auch dort und nicht nur im Ostseebezirk registriert? Wie weit waren die Computer-Programme untereinander vernetzt? Waren diese überhaupt soweit? Fragen über Fragen, die eigentlich kein Außenstehender beantworten konnte.

ein geheimer (?) Plan

Anfang Januar 1973 wurde die beantragte Einreise genehmigt – auch für Horst. Und zum Glück war es eine Einzelgenehmigung, die nicht als Begleiter von Oma definiert war.   Denn die war gar nicht vorgesehen für diese Reise – so ist der Plan. Eine Welle voller Unvorhersehbarkeiten wird ins Rollen kommen.   Wie wird es ausgehen?

Große Freude herrschte vom Harz bis zur Ostsee. Mara erhielt Nachricht, dass Horst am 3.2.1973 in den Harz einreisen wird - zur Schwester von Oma.

Und der Tag kam. Horst stieg in Hamm in den Interzonenzug. Bei der Überprüfung an der Grenze gab es keine Probleme. Eine erste Hürde war genommen. Aussteigen musste nicht nur er, alle Zuginsassen hatten diesen zu verlassen, um in einem Kontrollgebäude überprüft zu werden, Pass-mäßig und Stichprobenartig auch Gepäck-mäßig – oder auch das ganze Gepäck?

Horst hatte nichts zu verbergen, hatte sorgfältig darauf geachtet, nichts Verdächtiges bei sich zu haben. Die ganze Sache war schließlich schon heikel genug – Ende offen.

Auch die Anmeldung bei der Volkspolizei ging glatt. Es wurde auch nicht gefragt, warum er allein eingereist ist - wieder ein Punkt abgeharkt.

Mara hatte abgewartet, ob und wie die Einreise klappt. Als alles gut aussah, nahm sie sich zwei Tage frei und kam am 5.2.1973 ebenfalls im Harz an und Teil 2 ihres Plans konnte beginnen.

Natürlich genossen beide erst einmal ausführlich ihr Wiedersehen nach so langer entbehrungs- reicher Zeit. Und auch der Bruder hatte Einsicht gezeigt und noch etwas dringend vor - erschien erst am nächsten Tag wieder.

Dieser nächste Tag beinhaltete eine äußerst ungewisse Mission. Alles würde sich entscheiden, wie die Anmelde-Behörde reagiert, die Mara und Horst kurzfristig in eine Abmelde-Behörde umwandeln wollen.

Der Plan war, dass sich Horst dort im Harz wieder abmeldet, bzw. an die Ostsee ummeldet – an Maras Wohnort. Die Reaktion ist Horst noch heute in Erinnerung. Die resolute uniformierte Dame im Meldeamt reagierte sehr unfreundlich, hatte aber wohl nicht ganz den Durchblick, ob dies abzulehnen oder zu genehmigen ist.

Einreise, Anmeldung, dann schon kurzfristig die Abmeldung und danach noch Erweiterung der Reise durchs Gebiet der DDR in einen nicht angekündigten weiteren Ort?

Es war eine ganze Zeit unklar, wie sich das Amt entscheidet, unklar, ob diese Reise hier schon zu Ende ist, unklar, ob sich Horst kurzfristig aus der DDR zu entfernen hat.

Dann knallte laut ein Stempel auf ein Blatt Papier und Horst bekam die amtliche Abmeldung mit dem Zielort an der Ostsee.

Mara und Horst waren so extrem angespannt, als sie die Papiere in Händen und selbst inne hielten, bis die barsche Stimme befahl: „Nun gehen sie schon! Es warten auch noch andere!".

Das war ihnen sehr lieb, das Gebäude schnell zu verlassen, bevor man es sich noch anders überlegt, aber die Beine hätten ihnen beinahe den Dienst versagt.

Der nächste Teil des Plans erfolgte jetzt, nachdem alles bislang wie am Schnürchen geklappt hatte.

Mara und Horst packen ihre Sachen – machten sich reisefertig für den nächsten Tag.

nichts wie weg und auf zur Ostsee

Sobald Horst seine Abmeldepapiere in Händen hielt, machte er sich noch mit Mara auf den Weg zum nahen Bahnhof.

Sie kauften Fahrkarten für den nächsten Tag.

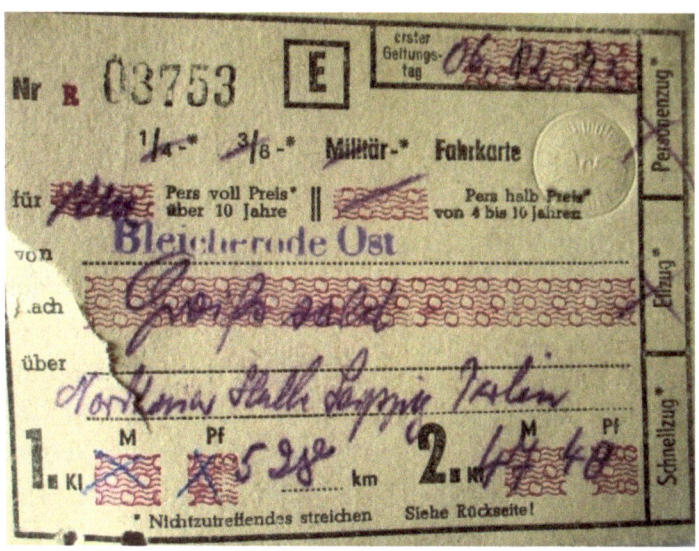

Am 6.2.1973 hatten Mara und Horst noch einige Minuten zu überstehen. Am Bahnhof lief der Zug ein, der sie zu ihrem ersten alleinigen und längeren Zusammensein bringen wird.

Bis zur Abfahrt konnte immer noch einiges schiefgehen. Endlich setzte sich der Zug in Bewegung. Beruhigt werden die beiden aber erst sein, wenn sie am Endbahnhof ankommen, besser noch in Maras Wohnung.

Unterwegs wurde der Zug immer voller. Viele der Zugestiegenen waren vom hiesigen Militär. Die Volksarmisten fuhren anscheinend vom Heimat- oder Wochenendurlaub wieder zurück in ihre Kasernen. Es schien so, dass die meisten von ihnen ziemlich stark betrunken waren. Und ziemlich groß war entsprechend auch die Lautstärke im Zug. Mara und Horst versuchten, ein Abteil etwas abseits der „Party" zu bekommen, was wenig aussichtsreich war. Wie schon einige Male waren sich die beiden bewusst, dass eventuell Schwierigkeiten zu erwarten sind. Betrunkene Soldaten und ein hübsches Mädchen aus ihrem Land – zusammen mit einem Wessi, dem Klassenfeind? Das ist Stoff für Probleme – zumal wohl bei dem Alkoholgenuss.

Zum Glück blieben beide ungeschoren, stellten sich schlafend, um nicht in Gespräch verwickelt zu werden, was einige Male dennoch versucht wurde. Und zum Glück wurde der Zug etwas leerer, als er Leipzig und später Berlin erreichte.

Noch in der Nacht erreichte der Zug den letzten Bahnhof, bevor die Anreise an die Ostsee zu Maras Wohnung mit dem Bus weiter gehen muss.

Für den Bus war es noch zu früh – noch etwa zwei Stunden waren zu überbrücken. Mara und Horst schliefen in einem großen Raum auf einer Bank ein. Die Nacht ohne Schlaf im gefährlichen Zug forderte einfach ihren Tribut. Die Nacht davor war ebenfalls wegen der Abmeldung und eventuellen Komplikationen ohne ausreichenden Schlaf geblieben.

Müde, aber sehr glücklich, schloss Mara die Haustür auf - eine eigene Außentür, durch die beide endlich in Maras Wohnung ankamen. Immer noch sehr früh am Morgen hatten sich beide gerade hingelegt und waren auch sofort eingeschlafen, da wurden sie durch Klopfen an der Haustür auch schon wieder geweckt.

Eine Nachbarin war es, die erklärte, dass sich Horst in das sogenannte „Hausbuch" eintragen muss! Ja – geht`s noch! Gerade erst angekommen und schon registriert. Die Wege der Behörden hatten ja sehr schnell funktioniert. Horst trug seine Daten ins Buch ein. Eigentlich unhörbar waren Mara und Horst in die Wohnung geschlichen und trotzdem aufgefallen!

Schlagartig wurde beiden das Spitzelsystem hier eindeutig bewusst vor Augen geführt. Sie waren schon vorgemerkt, bevor sie überhaupt ankamen.

Was wirklich gelaufen ist, das sollten beide erst viele Jahre später erfahren. Im Augenblick blieben beide aber unbehelligt, hatten auch keinen netten Behördenbesuch und wurden auch nirgend wo hin vorgeladen.

Es war eine so schöne Zeit, die erste Zeit, wo beide nur für einander da waren und ungestört. Mara musste zwischendurch immer wieder arbeiten, aber was macht das, wenn man sich schon auf das wieder nach Hause kommen freuen kann und man schon an der Haustür liebevoll in den Arm genommen wird und diese Liebe weiter geben kann.

Die beiden machten lange Spaziergänge, blieben dem Sperrgebiet fern. Das Wetter hatte ein Einsehen mit dem Paar, nur kalt war es - kein Wunder, Februar an der Ostsee.

Gegen die Kälte gab es Kohle aus dem Kohlebunker vor dem Haus, gab es zwei Öfen, die den Räumen Wärme genug verliehen. Doch die beste Wärmequelle waren die beiden selbst, die sie nutzten - in der Zeit, die ihnen blieb.

In zwei Tagen schon würde dieser Zustand nicht mehr da sein. Fernwärme wäre die Verbindung, Fernwärme über eine zu große Distanz, Fernwärme für eine schon wieder nicht abzuschätzende Zeit, wo sie sich nicht sehen können. Und was wird überhaupt werden? Niemand konnte darauf eine Antwort geben.

Wen wundert es, wenn diese ganze Ungewissheit auf den Magen schlägt? Horst ging es schlecht, körperlich schlechter als Mara. Es war der Tag vor der gezwungenen Abreise, und der Arzt der Gemeinde kam zum Hausbesuch - ein mehr als verständnisvoller Arzt. Horst wurde für drei Tage Reise-unfähig geschrieben. Drei Tage Aufschub! Mara musste zur Volkspolizei, um die Aufenthaltsbewilligung für Horst um diese drei Tage zu verlängern. Auch dort saß ein Mensch – es gab keine Schwierigkeiten. Wenn die beiden gewusst hätten, was damals schon amtlich lief, graue Haare wären wohl das wenigste gewesen.

Drei Tage Aufschub! Es waren die intensivsten Tage ihres Lebens. Horst verließ das Haus nur, um dem Kohlebunker die unbedingt notwendigen Besuche abzustatten. Dann war auch diese zusätzliche glückliche Zeit leider vorbei.

Mara und Horst saßen im Bus, in dem Bus, der sie vor wenigen Tagen in eine glückliche Zeit gefahren hatte. Der Busfahrer konnte sich noch an beide erinnern, wünschte ihnen viel Glück für die Zukunft – anscheinend hatte er durchgeblickt, was Sache mit den beiden war.

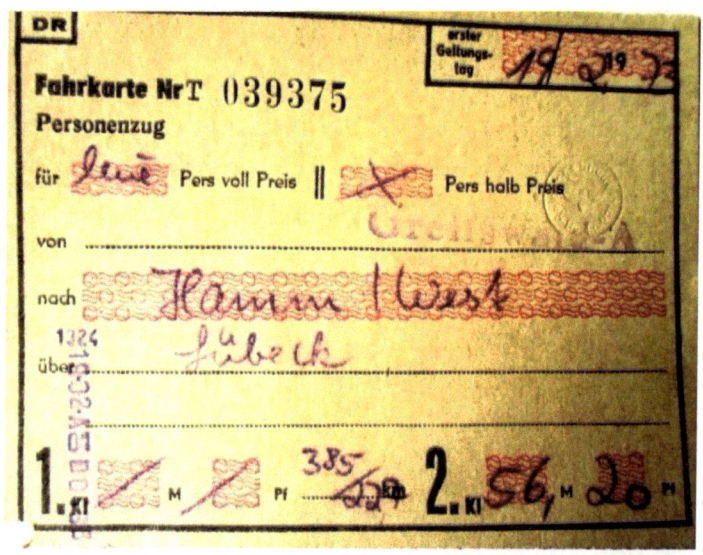

Diesmal war es nicht sofort ein Abschied. Mara hatte ebenfalls eine Zug-Fahrkarte und fuhr bis zur letzten Station mit, bis sie als Angehörige mit DDR-Staatsangehörigkeit gezwungen war, auszusteigen. Für beide war es eine trostlose Situation. Mara entschwand seinen Blicken – musste den Bahnsteig räumen.

Horst sah ihr nach, solange er sie erkennen konnte. Dann sah er den krassen Gegensatz zur gerade eben erst vergangenen Zeit. Soldaten der Volksarmee patrouillierten auf dem Bahnsteig, gingen durch den Zug, prüften alle Abteile, prüften Koffer, prüften Toiletten, Schäferhunde liefen unter dem Zug hindurch – auf der Suche, ob sich dort jemand kurz vor dem Westen versteckt hat.

Dann kam die Kontrolle auch zu Horst. Er hatte kaum die Kraft, um ein Wort heraus zu bringen.

Er saß nur da, sprachlos mit zu trockenem Hals, Tränen in den Augen, Tränen, die ihm übers ganze Gesicht liefen – weiter bis in den Schoß. Die Soldaten verzogen nur ihre Gesichter, ließen ihn aber in Ruhe.

Eine Kontrolleurin kam zu ihm, verlangte Pass, Visapapiere und die Fahrkarte. Burschikos und mit harten Worten hatte sie dies alles verlangt. Als sie aber genauer hinsah, Horst ins Gesicht sah und seinen Zustand bemerkte, da setzte sie sich ihm gegenüber, versuchte ihn sogar zu trösten, dass man sich bald sicher wieder sehen kann. Was für ein krasser Gegensatz zu den Vorgängen am Bahnsteig und unter dem Zug.

Diese Kontrolleurin hatte mitbekommen, wie sich Mara und er in der offenen Zugtür verabschiedet hatten. Sie hatte wohl den Durchblick, was da gerade ablief. Sie verabschiedete sich von Horst mit Handschlag, der sicherlich eine Ausnahme darstellen dürfte.

Horst fuhr weiter nach Hamburg, verbrachte einige Stunden im Wartesaal am Tisch eines älteren Paares, die ihm ansahen, dass es ihm schlecht ging. Die beiden versuchten ihn aufzumuntern und wollten seine Geschichte hören, was auch ihm durch die Zeit half, bis sein Zug ihn in seine Heimatstadt zurück bringen wird.

ein antifaschistischer Maßnahmen-Katalog

Mara und Horst ahnten ja, vielmehr sie waren bewusst darauf gefasst, dass jetzt nach der Antragstellung zur Ausreise die Schwierigkeiten beginnen.

Involviert waren auf westlicher Seite inzwischen das Rote Kreuz mit der Bitte um Familienzusammenführung, das Auswärtige Amt, das Ministerium für Auswärtige Angelegenheiten. Und Familienzusammenführung war zu der Zeit das große Thema einer Annäherung von Ost und West. Aber auch ein Besuch vom damaligen Bundeskanzler Brandt in Erfurt half nicht.

Maras Ausreise sollte über den offiziellen Weg erfolgen, da waren sich beide einig. Bei anderen Überlegungen war das Risiko zu groß, dass vieles für beide schief gehen kann, abgesehen von den drastischen Geldforderungen in Höhe von 25.000,- DM „für Hilfestellungen".

Und was auf der Ost-Seite bereits 1973 wirklich in offiziellen Gang gesetzt wurde, das hatte Horst erst 1999 erfahren – aus seiner Stasi-Akte.

Auf seine Anfrage hin hatte er vom damaligen „Bundesbeauftragten für die Unterlagen des Staatssicherheitsdienstes der ehemaligen Deutschen Demokratischen Republik" seine personenbezogenen Unterlagen in Kopien erhalten - 159 Seiten aus einer Aktensammlung von 255 Seiten. Nach den §§ 12 ff. Stasi-Unterlagen-Gesetz hatte er nur Anspruch auf Informationen, die seine Person betreffen.

Aus „seinen" Akten ging hervor, dass „drüben" eine Briefkontrolle eingeleitet worden war. Sogenannte „M-Post" wurde von der Stasi Abt. M kontrolliert und kopiert. In seiner Akte fanden sich viele Briefe von Mara und natürlich auch von ihm.

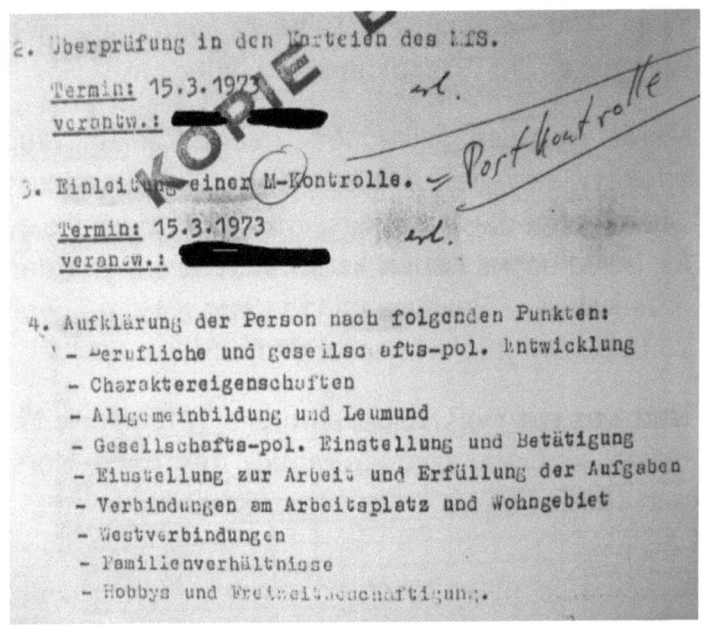

Viele Seiten waren unleserlich gemacht oder waren geschwärzt worden, um schutzwürdige Interessen anderer Personen zu wahren.

Da die dortigen Behörden die Möglichkeit einer Republikflucht in Betracht zogen, wurde eine OPK eingeleitet – die Operative Personenkontrolle, ein wichtiges Arbeitsmittel des Ministeriums für Staatssicherheit.

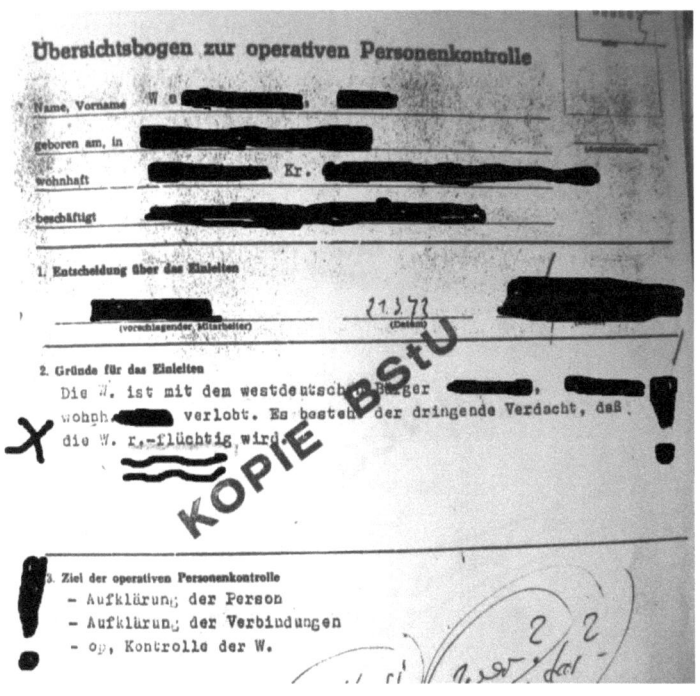

Das war wohl so die Regel, wurde Verdacht auf eine Republikflucht, Verdacht einer strafbaren Handlung oder eine feindlich-negative Einstellung gegenüber den gesellschaftlichen Verhältnissen der Deutschen Demokratischen Republik vermutet.

Wie gefährlich das ganze Unternehmen für Mara und Horst waren, das wurde also erst nachträglich erst so richtig bekannt, hätte aber nichts geändert.

Mit der OPK leiteten die Behörden einen Maßnahmen-Katalog ein. Die vorliegenden Kopien beweisen, dass dieser Katalog aus mehreren Punkten bestand.

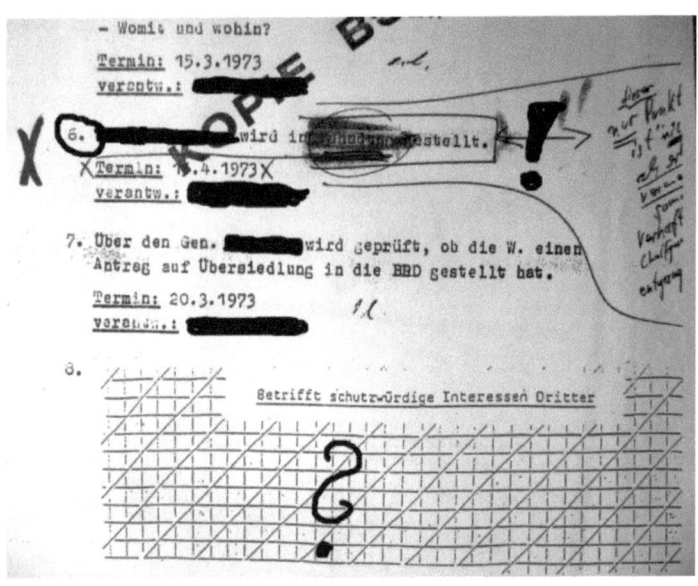

Von diesen Punkten waren alle als „erledigt" abgehakt - b i s auf einen !

Ziffer 6 ordnete an, dass Horst in die **Fahndung** eingestellt wird – also **drohte die Verhaftung.**

Handelte es sich um ein Versehen, eine nicht vorgelegte amtliche Frist-Wiedervorlage, wie sie auch in anderen Ämtern auf der Welt vorkommt - oder eventuell um Absicht ?

Die – nehmen wir mal an - irrtümlich nicht erfolgte „Ausschreibung zur Festnahme" für Horst brachte großes Glück, sonst hätte das nächste Treffen ein böses Ende nehmen können – ein Ende in einer Gefängniszelle. Wie gesagt: „Anstiftung zur Republikflucht" wurde sehr hoch eingestuft.

Also Absicht oder nicht, Mara und Horst wurden wohl (noch) nicht als gefährliche Feinde eingestuft, denn aus einem Bericht der Behörden ergibt sich, dass der nächste Aufenthalt von Horst im Osten dort amtlich bereits bekannt war. Ein entsprechender Sachstands-Bericht zur OPK sagt aus, dass ein erneuter (heimlicher) Treff in Berlin in der Zeit vom 4. bis 8. 5. 1973 durchgeführt wurde. Sogar die Hotel-Adressen im Osten und im Westen sind aufgelistet !

Aus den Unterlagen ergibt sich, dass bereits 1970 die Verbindung Mara-Horst als „interessante Verbindung" gemeldet wurde – Postkontrolle!

Wollte man vielleicht abwarten, um eventuell an Horst später mal heran zu treten? Schließlich war auch im Westen bekannt, dass Beamte in Behörden für den Osten eventuell interessant werden können, vielleicht sogar sehr interessant, wenn sie bei der Justiz arbeiten?

Im Juli 1973 verfügten die Behörden, in Maras Wohnort eine „inoffizielle Quelle zur Bearbeitung der OPK" aufzuklären und zu werben. Bekannt war laut M-Unterlagen auch schon wieder der erneute Treffpunkt in Berlin Juli/ August.

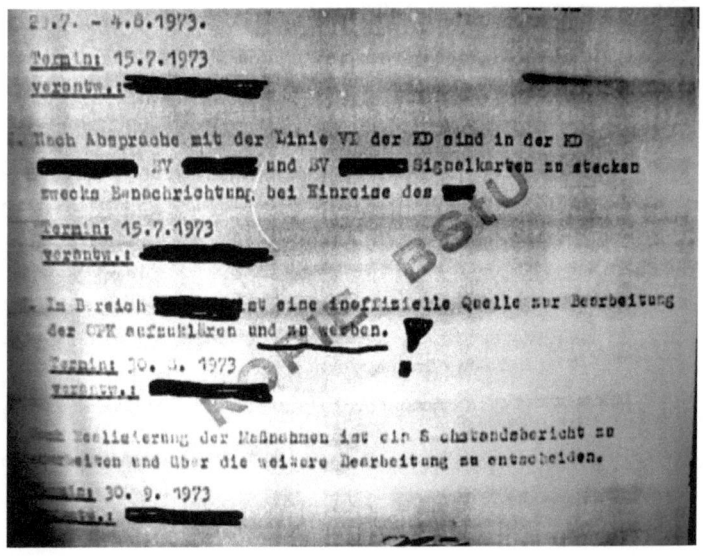

Interessant dabei ist, dass die Horst-Akte insgesamt 3 Namen von „Inoffiziellen Mitarbeitern für Sicherheit" hergibt.

Ebenfalls im Juli 1973 erfolgten wieder Vorladungen zur Volkspolizei für Mara. Aus einem der Vorladungs-Gespräche ergibt sich, dass die Behörde sich ja vielleicht mit Horst unterhalten könne. Und Mara bestätigte auf die scheinheilige Nachfrage nach einem erneuten Besuch von Horst die Zeit Ende Juli, denn sie wusste bereits, dass der Termin 28.7. bis 4.8.1973 den Behörden bekannt ist. Schließlich hatte sie für Horst einen Einreiseantrag gestellt, erstaunt genehmigt und die Visapapiere dafür bereits am 27.6.1973 ausgehändigt bekommen.

Alle Probleme konnte die Behörde nicht auflösen, denn nach einem dortigen Aktenvermerk hieß es: „Im Interesse der Konspiration konnte nicht konkreter „auf ein Problem" eingegangen werden!" Offensichtlich wollte man sich anscheinend nicht für ein weiteres Vorgehen in die Karten schauen lassen.

... **alles umsonst** ?

Mitte Juni 1973 fand dann vorab noch ein heimliches Treffen statt – wieder in Berlin. Mara und Horst gingen mit zu vermutetem Wissen der Ostbehörden ein erhebliches Risiko ein.

Schon der Gang zum Schalter, wo der Pass abgegeben werden muss, konnte einen ergrauen lassen. Wie wird das heute aus gehen ?

Es ging gut, zumindest bis jetzt. Horst erhielt seinen Pass zusammen mit dem beantragten Tagesvisum zurück. Nichts deutete darauf hin, dass etwas passieren wird. Horst hatte aber ein Gefühl, dass heute irgendetwas anders ist. War es die kurze Zeit, bis er die Papiere heute wieder in Händen hielt? War es der Blick des Schalterbeamten? War es der zweite Beamte, der in den Schalterraum eintrat und blieb, bis die Dokumente herausgegeben waren?

Nichts weiter passierte. Und auch Mara stand am Ausgang Ostseite Tränenpalast. Auch sie hatte heute ein anderes, ein trauriges Gefühl. Und sie sah sehr mitgenommen und bleich aus.

Mara erzählte, dass man ihren letzten Antrag auch wieder abgelehnt hatte. Alle ihre Tränen, die bei der Volkspolizei vergossen wurden, hatten nicht geholfen. Die Behörde blieb hart.

Unmissverständlich wurde ihr dort klar gemacht, dass auch weitere Anträge nicht positiv ausgehen werden. Im Gegenteil - das Leben würde nicht leichter werden mit ihrer Einstellung.

Niemals, so wurde ihr suggeriert, wird eine genehmigte Ausreise erfolgen – schließlich hat der Staat viele Auslagen getragen, für ihre Ausbildung während der Schule und auch für die berufliche Ausbildung. Jetzt soll sie diese Schuld zurück zahlen und sinnvolle Tätigkeit in ihrer Heimat leisten.

Mara war mit diesem Druck nach Berlin gefahren, fühlte „Ich kann nicht mehr!", und auch Horst hatte dieses Gefühl, „dass es einfach nicht mehr weiter geht". Wie lange kann man das alles noch aushalten, wenn alle Alternativen fehlen?

Und dieses Thema war an diesem Tag mehr als deutlich anwesend. Irgendwie hatten beide das Gefühl, dass heute ein letztes Treffen ist, was ein endgültiges „Aus!" bedeuten wird.

Ein schlimmer Tag - beide mussten sich drastisch zusammen reißen, um nicht an den eigenen Tränen zu ersticken, die sich einfach nicht aufhalten ließen. Die Blicke, die ihnen die vorüber gehenden Passanten zuwarfen, die sprachen Bände zum Zustand von Mara und Horst.

Es war wie eine bewusst gesuchte Ablenkung, dass sie die „Zille-Stuben" zum Abendessen aufsuchten. Horst erinnerte sich, wie die beiden auf den Treppenstufen vor dem Eingang in einer langen Schlange auf Einlass warteten. Und auch daran, wie immer wieder Gruppen von 3 oder 4 Leuten vor-gelassen wurden. Auf Nachfrage erklärte der Mensch am Eingang, dass sie dran sind, wenn ein Zweier-Tisch frei wird! Obwohl das Essen OK war, viel Appetit hatten beide nicht. Mara hatte für die Nacht bereits ein Zimmer gemietet. Die beiden gingen zu dieser privaten Pension. Die Frau des Hauses erkannte wohl, dass Mara mit einem Wessi ankam und drückte ihre Sorge darüber aus: „Seid bitte leise, ich habe noch ein Zimmer nebenan vermietet!"

Mara nahm ihr diese Sorge, sagte, dass sie nur ihr Gepäck holen will, um noch in der Nacht Berlin zu verlassen. So wie jetzt lagen die beiden noch nie nebeneinander - umarmt, aber irgendwie mehr als nur traurig und nicht wie sonst.

Irgendwie schien die Wirtin aufzuatmen, als Mara und Horst kurze Zeit später das Haus verließen, wünschte ihnen aber noch Glück für die Zukunft. Aha – sie hatte wohl geschnallt, was los ist.

Horst hatte noch etwas Zeit, bis er den Osten verlassen musste, aber dann wurde es doch mehr als knapp - geradezu brenzlig.

Mara war bereits in der S-Bahn, die sie zum Bahnhof und zu ihrem Zug bringen soll. Die Bahn fuhr an, Horst erschrak. Seine Hand fasste an seine Hemdbrusttasche. Er hatte vergessen, dass Mara Pass und Tagesvisum in ihrer Handtasche hatte. Mehrmals deutete er durch das verschlossene Abteilfenster des anfahrenden Zuges auf seine Hemdtasche, dann gingen seine Hände wie verzweifelt in die Luft, seine Lippen formten die Worte „meine Papiere – das Visum!".

Mara verstand sofort, was gemeint war, deutete durch Zeichen an, dass sie wieder aussteigen wird. Das wird aber erst am nächsten S-Bahn-Halt möglich sein.

„Wo ist der nächste Haltepunkt?", dachte Horst. Er fragte einen Passanten, bekam zum Glück die richtige Antwort und spurtete los.

Mara stand bereits dort auf dem Bahnsteig, hielt Papiere und Visum hoch in der Hand. Nicht einmal für eine längere Umarmung reichte die Zeit, denn eine weitere S-Bahn kam an. Mara musste ihren Zug an die Ostsee unbedingt erreichen.   Horst musste noch vor Mitternacht wieder im Bahnhof Friedrichstraße zurück sein.

Er spurtete also wieder dahin zurück.   Es war fünf vor zwölf ! Sehr ungnädig wurde er von den Grenzbeamten empfangen.   „Später ging`s wohl nicht.   ...haben wir gerne – auf den letzten Drücker zu kommen!"

Horst sagte nichts – lieber gar nichts.   Er konnte nach diesem traurigen Tag nichts gebrauchen, was ihn noch mehr deprimierte.   Und er wusste genau, dass ein Widerspruch hier oder auch nur eine Entschuldigung nicht ankommen wird.

Der Zeiger der großen Uhr zuckte auf Mitternacht, Horst liefen die Augen über - ..."angekommen und bewusst, warum dies hier „Palast der Tränen" heißt", dachte er, während sein Hals sich noch mehr zuschnürte.

Im Zug westwärts konnte er keinen klaren Gedanken fassen.

Was ihn nur aufrecht hielt, das war die Aussicht, sich noch einmal für ein paar Tage an der Ostsee zu treffen – schließlich hatte Mara das Visum für ihn genehmigt bekommen.   Und bis Ende Juli war es ja auch nicht mehr so weit.   Oder freute er sich vielleicht nur zu früh?

Erst viel später wurde laut Stasi-Akte bekannt, dass auch dieser Treff jetzt hier wieder in Berlin bekannt war – mit dem weiteren Vermerk „Einzelheiten zum Treff wurden nicht bekannt!"

Und nach einem Vermerk der Bezirksverwaltung ………... für Staatssicherheit wurde immer noch die Annahme als Möglichkeit in Betracht gezogen, dass W. Republikflucht begehen kann.

Es hätte also „alles" passieren können.

Archivierung von Gefühlen –

geht das ?

Der letzte Berlin-Besuch hatte Konsequenzen. Mara und Horst dachten über alles nach, was sie bis jetzt zusammen erleben durften. Aber da war auch die Ungewissheit einer Zukunft. Mehr und mehr wurde ihnen bewusst, dass sie wie die Königskinder in einem Gedicht keine Chance haben, endgültig zusammen zu kommen, „ …….denn das Wasser ist viel zu tief!"

Beide wieder allein, wieder auf sehr unbestimmte Zeit getrennt, das machte die Hoffnung nicht besser. Nach allem, was bisher geschehen war, auch bei den Vernehmungen bei Behörden, sank die Hoffnung tiefer und tiefer.

Es gab nur „weiter" und an den Schwierigkeiten vielleicht zu Grunde gehen oder „aufgeben" - eine äußerst schwierige Entscheidung für beide.

Die Hoffnung soll ja immer zuletzt sterben, aber sie war bei jedem abgelehnten Antrag ein wenig gestorben.

Wie dokumentiert wurde am 10.7.2073 erneut eine Anhörung bei der Volkspolizei durchgeführt. Mara hatte wieder eine Beschwerde gegen die Ablehnung der Heiratsgenehmigung und Übersiedlung in die Bundesrepublik gestellt.

Und wie leider gewohnt, hatte auch dieser Termin wieder einen negativen Ausgang. Zwar gab es da ja die Besuchsgenehmigung für Horst ab dem 28.7.1973, aber die Zeichen standen auf ungewiss, sehr unberechenbar, wie der Besuch ausgehen wird. Da stand immer noch die Fluchtvermutung durch die Behörden im Raum und der böse Verdacht kam bei Mara und Horst auf, dass Horst nicht ungeschoren davon kommt, zu der Zeit nicht ahnend, dass die Fahndung bereits im Februar 1973 gemäß Maßnahme-Plan beschlossen war.

Dieser letzte Termin zur Vernehmung war der Genickbruch. für die Beziehung von Mara und Horst. Sie zogen die Reißleine. Der Druck war einfach nicht mehr auszuhalten – so viele Jahre lang Kampf, aber es musste jetzt ein Ende haben.

Horst machte keine Reise mehr an die Ostsee - aus den genannten Gründen. Mara und Horst schrieben sich ein letztes Mal und dass die Beziehung durch Entlobung beendet wurde.

Beiden war klar, dass auch die Behörden eine entsprechende Kenntnis bekommen würden, denn die Briefkontrolle war sicher nicht aufgehoben worden.

Und wie prima die Brief- und sonstigen Kontrollen für die Behörden den gewünschten Erfolg brachten, das konnte Horst später nachlesen.

So gibt es den Aktenvermerk vom 11.9.1973, dass er sich trotz Visums nicht ab dem 28.7.1973 nach Einreise angemeldet hat. Ebenfalls im September wurde in einem Monatsbericht dort festgestellt, dass die „Verbindung" abgebrochen ist, sowie auch im Monatsbericht Oktober 1973.

Danach erfolgte die Einstellung der „Operativen Überwachung" – es erfolgte die **Archivierung** des Falles, die amtliche Beerdigung einer vor so vielen Jahren begonnenen Beziehung, die in tiefe Liebe wechselte und nun gezwungen im Archiv endet.

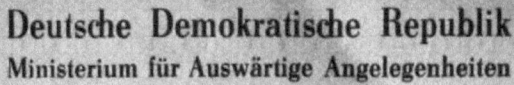

Deutsche Demokratische Republik
Ministerium für Auswärtige Angelegenheiten

Transitvisum

zur einmaligen Reise durch das Hoheitsgebiet
der Deutschen Demokratischen Republik
auf der kürzesten Fahrstrecke mit der Eisenbahn

i. A.

Epilog :

Mara und Horst hielten sich an das Unvermeidliche – Funkstille.

Beide gründeten eine Familie, hatten Kinder.

In der DDR wurde es unruhig. Mit den Zuständen dort waren immer mehr unzufrieden. Es war die Zeit vor dem 40-jährigen Bestehen.

Und irgendwie wiederholten sich vergangene Ereignisse, die 1973 geendet hatten.

Mara und Familie hatten inzwischen längst einen Ausreiseantrag gestellt. Wie so viele Jahre vorher wurde der (natürlich) abgelehnt.

Inzwischen hatte Horst Informationen über Mara durch deren Freundin erhalten, die über Ungarn nach Westdeutschland geflüchtet war.

So kam es zu einem erneuten Kontakt mit Mara. Horst flog mit seiner Frau nach Berlin, und mit einem Tagesvisum für den Ostteil besuchten sie Mara und Familie, die am Übergang bereits auf sie warteten.

Kann man sich vorstellen, wie das Gefühls-mäßig gewesen sein muss – nach all den früheren Geschehnissen – für alle ?

Mara und Familie saßen sozusagen auf gepackten Koffern. Alles war vorbereitet – bis zum Autoverkauf, wenn die Ausreisegenehmigung erfolgen würde. Sie alle rechneten wegen der bevorstehenden Feierlichkeiten damit.

Und dann geschah es !

Anscheinend war Maras Familie angesichts des bevorstehenden Jubiläums, bei dem die Staatsoberhäupter keine Störenfriede brauchen konnten, so penetrant in ihrer Forderung nach Ausreise und gab keine Ruhe, dass die Staatsführung dort schließlich nachgab.

Innerhalb von 24 Stunden sollen sie die DDR verlassen, was sie auch taten.

Über verschiedene Lager kamen sie in die Nähe von Horst`s Familie. Bei den gegenseitigen Besuchen gab es viel zu erzählen.

Und über den Mauerfall freuten sich alle so sehr, dass gemeinsam ein fröhliches Fest gefeiert wurde.

Und die Gefühle bei allen waren an diesem Tag auch ganz besondere – schließlich waren sie und diese Geschichte auch ein Teil der Geschichte, sozusagen ein Teil der Weltgeschichte.

Nachtrag:

Als Horst viele Jahre später 1999 die letzten Zeilen „seiner Akte" gelesen und diese nach der Seite 159 zugeklappt hatte, spielte das Radio gerade „Paint it black".

Informationen / Bestellungen unter :

bod.de/buchshop (= mein Verlag)

oder   wolfgang pein bücher

oder   wolfgang pein schafe / bilder

Nachfolgend befinden sich die Titel und auch die

ISBN-Nummern meiner Bücher, die **bisher erschienen** und in jeder Buchhandlung

in Europa, Kanada und den USA „bestell bar" sind oder auch im bod.de/buchshop, per Amazon oder   bei weiteren Bestell-Anbietern.

Alle Bücher gibt es   **a u c h**   **als E - Book**.

Die **Kinder – Bücher** wurden für Kinder, Jugendliche und zum Vorlesen geschrieben.

Schaf-Geschichten mit Johanna

(ein **K i n d e r** - Buch

ISBN 9783848251032)

The adventures of two sheep friends

(in Englisch - ISBN 9783732233328)

Schafe mähen nicht nur Gras

(208 Seiten – **Roman** - ISBN 9783738606584)

Schafe brauchen auch mal Urlaub

(208 Seiten – **Roman** - ISBN 9783739241074)

Schaf-Geschichten aus dem schönen Vinschgau

(Südtirol/Norditalien -   ISBN 9783837079241)

Sheep Fight For Freedom

(in Englisch – **Roman** -   ISBN 9783741279713)

vier letzte Tage im Februar

(ein Kriminal – Roman - ISBN   9783743195417)

Eine falsche Badehose im Haifisch – Becken kann tödlich sein

(ein tödlicher Kriminal – Roman aus dem Bereich

der Finanzen und Bilanzen   -   260 Seiten -

ISBN 9783744835091)

Ruhe sanft oder wie ich im Keller endete

(eine A k t e erzählt aus ihrem Leben

- locker und fröhlich erzählt – endlich mal ein
Behörden-Verfahrens-Gang, den jeder versteht, -
ISBN 9783744895286)

Irland und ein etwas anderes

Irisches Tagebuch

(ein farbiger Reisebericht -

ISBN 9783744837996)

Schottland und ein „etwas anderes

Schottisches Tagebuch"

(ein weiterer farbiger Reisebericht -

ISBN 9783746012582)

ein tödlicher Workshop

(ein Kriminal – Roman aus einem Literatur-Camp
- ISBN 9783746037028)

Sorry, leider kann ich nicht vergessen

(ein Kriminalroman um gebrochene Versprechen
- ISBN 9783752835533)

Ferien beim Froschkönig

(ein **Kinder** - Buch - ISBN 9783746093185)

Manchmal sind Pläne für die Katz

(ein Justiz - Thriller - ISBN 97837528863)

Von Ameisen in Gefahr und

einem sprechenden Brunnen

- ein **Kinder** - Buch

ISBN 9783746093185)

Drei Könige im Abendland – oder wie es dazu kam, dass sie im Jahr 2012 immer noch die Krippe suchten

(vergnügliche Winter-Geschichten -
ISBN 9783748128939)

Wenn aus Feinden Freunde werden können oder Lehrstunden aus dem Reich der Tiere

(ISBN 9783748157410)

welcome in Irland

(ein **weiteres** Irisches Tagebuch
mit **36 Farbseiten** -   ISBN 9783739244693)

Ein Experiment mit Autoren, die ihre ersten Geschichten vorstellen

(Tiergeschichten mit Illustrationen von
Jungautoren − ISBN 9783748158417)